COLECCIÓN ELDORADO

El tercer cuerpo

MARTIN CAPARROS

El tercer cuerpo

GRUPO EDITORIAL NORMA
*Barcelona, Buenos Aires, Caracas, Guatemala,
México, Panamá, Quito, San José, San Juan,
San Salvador, Santafé de Bogotá, Santiago*

Apartado 53550, Santafé de Bogotá

Diseño de tapa:Ariana Jenik
Fotografía de tapa:Alejandro Elías

Impreso en la Argentina por Impreco Gráfica
Printed in Argentina

Primera edición: noviembre 1997

C. C. 24008023
ISBN: 958-04-4197-1

"Convénzanse todos de que el que vive bajo la
obediencia debe aceptar ser encaminado y gobernado
por la Divina Providencia, que se expresa a través
de sus superiores, exactamente como si fuera un cadáver
que soporta ser conducido y manejado."

San Ignacio de Loyola, 1534

Uno

Ese día no sería un buen día. La cabeza le chillaba como un gato sin padre, el teléfono de Fellini se reía de su urgencia y la única huella del rubito era un cartel escrito con espuma de afeitar en el espejo del baño: "Bienvenido al club del sida". Además de sábanas, almohadones, vasos y platitos repartidos por la habitación con un orden parecido al caos.

Ese día, como tantos otros días, estaba por terminar antes de que Jáuregui lo empezara. Debían ser las siete y media de la tarde y ya casi todo estaba perdido; la ducha también fue un trámite sin esperanzas. Jáuregui se refregaba el cuerpo flaco con saña y una esponja de mar, y cuando escuchó que estaba canturreando los mareados se le escapó media sonrisa, pegó un manotazo a la cortina del baño y encendió la portátil que se oxidaba en las inmediaciones del lavatorio. Una voz chillona anunciaba entre trompetas un flash informativo, pero no lo daba; antes, otra voz, todavía más chillona, y femenina, recomendaba un aceite bueno y barato. Hubo un momento de silencio, quizás de desconcierto, y después sí: "Son las veinte horas cuarenta minutos en todo el territorio nacional. Un cable recién llegado a nuestros estudios nos informa de la profanación de otra tumba en el cementerio de la Recoleta. Se trata, en esta oportunidad, del nicho que albergara los restos de la señora María de las Mercedes Burroughs de López Aldabe. Con ésta, ya son tres las bóvedas despojadas en las tres últimas semanas. Aunque la familia no ha hecho todavía la denuncia pertinente, el hecho se conoció gracias a la información de un cuidador de la citada necrópolis. No se conocen por el momento los móviles ni los autores del incalificable atentado, pero se investigan sus posibles vinculaciones con los dos anteriores. Esperamos ampliar la información en posteriores encuentros informativos. Más información en nuestro panorama gigante de las veintidós horas, y en todas las ediciones del rotativo del aire". Y más trompetas.

Jáuregui, enjuagándose, no pareció prestarle más atención que al terremoto que destruyó Lisboa en 1756. Cuando cerró la ducha las carcajadas de las cacatúas del aire desgarraban el vaho del baño; para afeitarse tuvo que deshacer con una toalla mojada las letras blancas sobre el espejo. Por un momento se quedó con la toalla llena de espuma sucia en la mano; después se enjabonó con ella la cara y, cuando pasó el primer trazo de gillette por el cuello, una gotita de sangre muy roja tiñó las nubes grises del jabón.

Con la toalla enroscada en las caderas se paseó unos minutos por los dos ambientes, recogiendo algún almohadón, un par de vasos. El ambiente grande era bastante más grande que un maní grande; allí, en el mejor estilo baulera, se repartían el espacio vital una mesa redonda de madera deslustrada, cuatro sillas de la misma calaña y, contra la pared sobrante, un silloncito de dos cuerpos con un estampado donde todas las flores del mundo se daban la mano, solidarias. Junto al sofá había una mesita baja, de vidrio y mimbre, que estaba a punto de morir bajo el peso del teléfono, el contestador y un radiograbador de plástico plateado.

Intentó otra vez hablar con Fellini, y después se metió en la cocina como quien se dirige al sacrificio. La heladera estaba tan vacía como había imaginado que estaría la cabeza del rubito, pero la heladera no hizo ningún esfuerzo para demostrarle su error. Llenó un vaso de leche larga duración, y se lo llevó al living.

Sobre la mesa había un papel de diario y, encima, unos potes de pintura grandes como una nuez, tres o cuatro pinceles ahogándose en un frasquito y un soldadito de plomo a medio pintar. Otros cuatro esperaban su turno, sin colores. Al lado había un libro grande, lleno de dibujos de uniformes militares, y el soldadito empezaba a parecerse a uno de ellos. Un mameluco egipcio, uno de esos cairotas desafortunados que acompañaron a Napoleón en todas sus campañas, mataron sin odio europeos de todas las naciones, reprimieron españoles en un cuadro de Goya y terminaron muriendo en un desierto sin arena, en la nieve de Rusia, 1812. Tenía sin pintar la gorra, unos arreos del uniforme y, sobre todo, el bigote. El libro lo explicaba: "Era requisito indispensable para pertenecer al cuerpo de mamelucos —o mamluks— el porte de importantes bigotes, usualmente renegridos, con las guías vueltas hacia el cielo". Y, más abajo: "Mameluco deriva de una palabra árabe, mameluz, que significa el poseído, el esclavo".

Jáuregui se fue a la habitación, se puso un bluyín gastado, una camisa violácea y unas zapatillas negras. Vestido, miró la almohada, miró a su alrededor y decidió salir a la calle, porque no se le ocurría nada mejor.

* * *

Llamarlo casualidad es un abuso. Jáuregui se encontró a Fellini en la esquina de Palladium, junto a las fogatas de los refugiados, porque hacía casi media hora que se había parado ahí, a esperarlo. Conocía bastante bien las costumbres del recién llegado. Que podía tener treinta o cuarenta años y tenía, sin duda, el pelo castaño y enrulado un poco largo, casi hasta los hombros; una nariz delgada y quebradiza y, en general, la cara más larga que haya podido imaginar un espejo convexo sobre un cuerpo que se iba achatando progresivamente. Las fogatas chisporroteaban con entusiasmo mesurado, y los dos hombres se besaron en la mejilla.

—Esta escena es increíble. Me parece que la película tendría que empezar acá, con estos fuegos de fondo para los títulos. Las moscas, se va a llamar, estuve pensando mucho. Tiene que haber mucha dispersión, me entendés, el sinsentido, y mucho fragmento. Fragmentos acelerados y brillantes, tipo videoclip, y después largos pedazos confusos, casi sin movimiento, sin imágenes definidas.

Jáuregui lo conocía de muchos años, de cuando todavía quedaba gente que lo llamaba Andrés y no dileaba con cocaína; desde entonces, en ningún momento había dejado de explicar a quien se le cruzara por delante que el tráfico era sólo una astucia para conseguir fondos para la película. En los últimos años, la película había cambiado una docena de veces de tema y argumento, y casi todas las noches de tratamiento cromático, enfoques, ritmos y estilo narrativo pero seguía siendo maravillosa, la mejor, el sentido de una vida.

—¿Tenés algo?

—¿Acá?

—No te hagás el boludo.

—Ya va. ¿Y vos, me conseguiste a alguien?

* * *

Es probable que el baño de hombres de Palladium no sea el lugar ideal para que un padre separado lleve a sus hijos cuando le toca el paseo semanal. Ya se sabe que los chicos suelen contarle todo a mamá, y no hay más de diez o doce madres que quedarían encantadas con el relato. Si la estación de tren de Perpiñán era para Dalí el ombligo del mundo, ese baño representaba seguramente el epicentro de cierto mundo porteño: esa noche, como casi todas las noches, el baño de hombres eran un concentrado de la fauna de la discoteca, ampliada y desnudada por la luz muy blanca. Por allí se paseaban los penachos lila y las ojeras negras, las miradas perdidas y los gestos relamidos en medio de un ajetreo que no podía ser justificado por meras necesidades mingitorias.

Jáuregui hizo una escala en el salón para un whisky rápido. El lugar rebosaba de cuerpos que se rozaban, se agitaban, se exhibían. Al fondo, en el escenario, cuatro muchachos dramatizaban una ópera minimalista: mientras tres de ellos, en cuclillas, salmodiaban con variedad de sonidos una sola palabra propiciatoria de alguna desgracia, el cuarto los azotaba con una rama de fresno verde. El vareador estaba vestido de presidente, con la banda argentina atravesada sobre el frac y una galera color patito; los otros tres iban de carmelitas descalzos hasta la coronilla. Media docena de perros policía los olisqueaban con esmero; un manto negro, con las patas en los hombros del supliciado del medio, intentaba sobre su cabeza una masturbación frenética, convulsiva. Detrás, en una tela blanca de muchos metros cuadrados, una pintada con aerosol rojo: "Los fiambres son para comérselos. Lalengua".

Nadie parecía prestarles mayor atención; en un rincón de la pista, del otro lado, diez o doce mujeres totalmente pintadas de negro intentaban una pirámide casi humana mientras coreaban la marcha radical; a su alrededor, buena parte de la concurrencia las ayudaba o trataba de tirarlas o las rociaba con chorros de cerveza. Jáuregui evaluó —y desechó— la posibilidad de embetunarse las manos en la construcción de la pirámide y se fue hacia el baño.

Al entrar, un rubito parecido al de la noche anterior lo miró con ojos vacunos mientras se acariciaba con la mano huesuda un esternón flaco bajo la camisa blanca con puntillas. Jáuregui, sin detenerse, le dijo algo que sonó como adiós muñeca y le pisó deliberadamente el pie derecho con sus zapatillas negras. El rubito contuvo un aullido, que quedó como mueca tragicómica; Jáuregui se apuró hacia el único inodoro vacío y cerró la puerta con traba.

Con una especie de suspiro se acuclilló frente al inodoro que estaba tan limpio como el prontuario del petiso orejudo, y bajó la tapa. Escupió sobre la tapa una dosis considerable de saliva y con un pañuelo de papel trató de adecentarla un poco. Después sacó del bolsillo un paquete de cigarrillos casi vacío.

En las paredes del recinto había frescos que no debían nada a Miguel Angel. Un par de bolas peludas daban alas a una pija casi angelical, posada sobre un número de teléfono de Belgrano. Un graffiti sesentón, garrapateado con marcador grueso y negro, informaba que "hay que dejar el miedo al rojo para los animales con cuernos". Con birome, otro agregaba "y el miedo a la blanca para los mocasines sin cabeza". Con lápiz rojo:

"El mundo es un bajón". "Yo me bajo la semana que viene", le contestaba otra birome. Y un lápiz negro: "Fredi, te amo, pero de amor nunca se murió nadie, Alfi". Y otro lápiz: "Ojalá que seas el primero".

Del inodoro de al lado llegaban unas voces. Dos hombres hablaban bajo, en susurros, y por momentos se les entendía tanto como una misa en latín:

—...a Patiño que el que sabe algo... los fiambres de la Recoleta es el Colorado Funes que...

—...se lo puede ver?

—...es seguro, pero suele andar por el Británico del parque...

—...y Patiño qué...

—...no seas gil, si lo arreglan por zurda... les pueden sacar mucha guita...

Jáuregui, mientras trataba de escuchar, había sacado del paquete de cigarrillos un papelito metalizado, doblado en ocho, y lo había abierto. Con una gillette partida al medio sacó del papelito una pizca de polvo blanco, lo puso sobre la tapa del inodoro y empezó a picarlo, tratando de deshacer algunas piedritas sin hacer ruido. A los de al lado el ruido no parecía importarles demasiado; sonaban como si estuvieran hachando un árbol fósil. Jáuregui los odió quince segundos. Solía haber un momento, en medio de la ceremonia, en que el olor a mierda o algún otro detalle concomitante lo hacía sentir un poco desgraciado, un poco abyecto; pero por lo general pasaba rápido. Cuando le pareció que el polvo estaba bien desmenuzado, lo extendió formando una raya blanca sobre la tapa negra y sacó un billete de cien mil del bolsillo del pantalón. Lo enrolló, se sonó la nariz y se llevó el canuto a la narina izquierda. La raya era un gusano grueso, que reptaba poco. Se tapó con un dedo la derecha y aspiró, con narina y canuto, el gusano blanco que fue borrándose de la tapa negra. Cuando llegó a la mitad cambió de mano y de narina y repitió la operación. Después se paró, se guardó todo en el bolsillo y sacudió la cabeza como si fuera el león de la metro.

Cuando salió del inodoro, con la cabeza bien alta, erguida como una diosa desterrada, Jáuregui vio a los de al lado, que también salían de su cubículo, uno detrás del otro, como silbando bajito. Eran dos individuos de unos treinta años, vestidos con bluyines y camperas negras con más hebillas que la betty boop, que no desentonaban para nada en el lugar. Jáuregui conocía de vista a uno de los dos: era un policía de civil, uno de la brigada de Toxicomanía que solía andar por ahí so pretexto de mantenerse informado. Pero esa noche, evidentemente, estaba buscando nuevos horizontes.

Dos

La cabeza le dolía, porque al despertarse le dolía la cabeza. Era mediodía y hacía calor, mucho calor, un calor que se le pegaba a las piernas y ladraba con chillidos de pekinés, pero Jáuregui siempre había pensado que el calor no era una buena excusa. Estaba sentado en una mesa del Dandy, en la vereda de Libertador y Bulnes. Le gustaba desayunar ahí: solía ir en sus años más mozos porque quedaba cerca de la casa de sus padres, y empezó a ir de nuevo a su vuelta de España. Le gustaba mirar pasar la marea de la avenida; a veces decía que Libertador es el río que Buenos Aires no tiene, y que resultaba romántico ver fluir la corriente. Ese mediodía, las barcas pasaban destellando bajo el sol a cien por hora y los gondoleros cantaban puteadas entre dientes. Una caravana de camiones de bomberos pasó a toda máquina y a contramano. Lejos, a la altura del antiguo planetario, una columna de humo negro y perezoso parecía guiarlos en su peregrinación.

Sobre la mesa del bar había cuatro diarios de la mañana. El mozo, cuando se acercó, subrayó la rareza:

—¿Qué pasa? ¿Pensás buscar trabajo?

El servidor no tenía ni una mancha en el saco bordó abotonado hasta el cuello, pero un hilo de sudor le corría por el dorso peludo de las manos. Jáuregui le dedicó una sonrisa tan calurosa como el abrazo del hombre de las nieves y le pidió un lomito completo y un jugo de naranja. Después pensó que tendría que haber chequeado la billetera. En los últimos tiempos solía contener gran cantidad de fotos de familia.

Empezó el examen por *La Nación*, porque las tradiciones pesan. La noticia se anunciaba en un recuadrito de la primera página, abajo, a la izquierda. "Penosa desaparición", decía el título, y después: "Además de la lógica preocupación en medios policiales, hondo pesar ha causado en el nutrido círculo de sus parientes y relaciones el escandaloso atentado del que fuera víctima, en la noche de anteayer, el sepulcro de doña María de las Mercedes Burroughs de López Aldabe, fallecida en ésta el 6 de mayo de 1980. La dama, cuya trayectoria en los más distinguidos ambientes de nuestra sociedad es de sobra conocida, cuenta entre su progenie al ingeniero Carlos López Aldabe, secretario de Vivienda bajo el segundo gobierno del general Viola, y al doctor Rafael López Aldabe, directivo de varias empresas financieras locales, entre ellas el Banco del Progreso. Según pudo saberse, el robo de los restos de la señora de López Aldabe tuvo lugar (sigue en pág. 16, col. 8)."

Jáuregui abandonó una vez más *La Nación*, y se dedicó a *Página/12.* En tapa había un cuadrado que decía "Danza Macabra, por Carlos Zelkin, p. 13". Le parecía imposible que en tanta delgadez hubiera una página 13, pero allí estaba. Toda una página para la noticia, sólo compartida con la foto de un angelote neoclásico, presumiblemente mortuorio, que hacía un gesto obsceno con el índice en alto, y un aviso de la Municipalidad detallando los lugares donde los vecinos deberían llevar a quemar sus basuras mientras durara la huelga de recolectores. El título del artículo, curiosamente, era el mismo que se anunciaba en la tapa, y también el autor:

"Cuando llegué, nada en la calma aristocrática de la Recoleta podía hacer pensar que esa serenidad había sido perturbada. Los ángeles seguían custodiando las mansiones de los padres y madres de la patria, y las chapas de bronce seguían brillando con nombres tan ilustres que parecían de calles. Sin embargo, algo había cambiado: una alteración que, por lo repetida, ya se está haciendo costumbre. Con el de la señora de López Aldabe ya son tres los cadáveres desaparecidos en la Recoleta en lo que va del mes de enero."

"Primero fueron los restos de don Octavio Rochefort, nieto de don Octave, un francés que llegó al Río de la Plata en 1872 y sin un franco, huyendo —según fuentes de la época— de la represión de la Comuna de París, en la que había participado como militante anarquista. Una vez en estas costas, Octave hizo todo lo posible por enterrar su pasado; era un joven educado, y lo francés, entonces, se cotizaba bien. Se introdujo en la buena sociedad porteña como profesor de su lengua y letras clásicas y no tuvo grandes inconvenientes para desposar, hacia 1877, a Manuela García-Moreno, una joven viuda de la fiebre amarilla que disponía de varios miles de hectáreas en la pampa húmeda. Allí se inició la consolidación de un nombre. Su nieto mayor y desaparecido cadáver, don Octavio, poseyó en vida varias estancias y fue destacado miembro de la Sociedad Rural, el Jockey Club y otras instituciones de bien público, con una breve carrera política durante la Década Infame. Don Octavio murió, nonagenario, en 1979. Sus nietos y biznietos, la actual generación de la familia, ocupan cargos en distintas empresas bancarias y agroexportadoras y en la diplomacia argentina. El robo, como se sabe, tuvo lugar en la noche del martes 3 de diciembre."

"El lunes 16 se descubrió el segundo: don Jacinto Riglos-Calvetti. Su padre, Plácido Riglos, era un joven de muy buena familia y escaso capital que casó a principios de siglo con la hija de un inmigrante piamontés que había conseguido transformar su humilde ferretería en una de las más pujantes industrias metalúrgicas del momento. En 1919, cuando la Semana Trágica, su establecimiento de Avellaneda fue escenario de una fuerte represión, donde murieron decenas de trabajadores. Esto le valió un persistente encono por parte de los sindicatos del metal y, durante el primer gobierno peronista, la fábrica, ya en manos de don Jacinto, fue expropiada por el Estado. Devuelta a sus propietarios tras la Libertadora, empezó entonces un lento declive que la llevó a cerrar sus puertas en 1977, un año antes de la muerte de su dueño. De sus dos hijos, uno murió sin descendencia hacia 1960; el otro, abogado, vive y trabaja en Buenos Aires. Tiene, a su vez, tres hijos, profesionales y empresarios."

"En cuanto al tercer robo, el del cuerpo de María de las Mercedes Burroughs de López Aldabe, merece probablemente un capítulo aparte", decía el artículo de *Página/12*. Jáuregui ya estaba terminando el sandwich de lomito. El calor arreciaba con tonos fucsia, y Jáuregui tiró el diario sobre la silla vacía. No tenía necesidad de leer pasquines, pensó, para descubrir a los López Aldabe; eran amigos o conocidos de su familia y su padre había compartido negocios con ellos. El mismo conocía a alguno, de un veraneo o de una fiesta. Así que agarró como sin querer el diario *Crónica*, que titulaba, a toda tapa y en dos líneas: "No hay paz en los cementerios" y leyó la nota en la doble página central. Allí se reseñaban las coincidencias entre los tres casos: ninguna de las familias había hecho denuncia policial, por lo que sólo se habían emprendido investigaciones de oficio. No había, hasta el momento, huellas ni pistas confiables. En los dos primeros casos, las familias habían recibido pedidos de rescate, y se rumoreaba que las cantidades —en dólares— eran casi insignificantes.

El violeta del sol se hacía insoportable. Jáuregui apuró los restos del jugo de naranja, dejó un billete sobre la mesa y se metió en el bar. Pidió el teléfono y la guía y buscó el número del Banco del Progreso. Discó, pero era imposible enganchar el 393. Puteó por lo bajo, se rió de lo obvio de sus inconvenientes y compró un par de fichas en la caja. Tras un breve paso por el baño para darse ánimos, salió de nuevo al sol.

La luz anaranjada que se filtraba bajo la cúpula de plástico del teléfono público le hacía ver sus manos como las zarpas de un reptil metafísico. Cuando lo atendieron, pidió hablar con el doctor López Aldabe. "De parte de Matías Jáuregui, el hijo del coronel Jáuregui". Esperó un par de minutos, dibujando con la uña estrellitas en el globo naranja.

—Rafael, disculpáme que te moleste, pero tengo cierta urgencia en hablar con vos —dijo, todo de golpe, como una frase largamente ensayada—. No, es por la cuestión de tu abuela.

Sus cejas se fruncieron, y la mano dejó de jugar con la cúpula inflamada.

—No, es urgente, muy urgente.

La respuesta fue breve. Jáuregui acercó más la boca al teléfono, con gesto casi obsceno.

—Perfecto, en una hora estoy por ahí.

Tres

Los directivos del Banco del Progreso tenían sus oficinas en los pisos nueve y diez de una de esas pajareras macizas y vidriosas de la calle San Martín. Era un edifico alto, acerado, con entrada desolada e imponente; para entrar había que dejar a estribor la cascadita nipona con el agua cortada por las restricciones y deslizarse a través de una larga planchada de mármol sobre la cual muchas virtudes habían dado el patinazo final. Estaba terminando la hora del almuerzo y docenas de hombres se empujaban para volver a sus escritorios de fórmica a la hora señalada, hombres con traje y aspecto de no tener otro traje que sudaban el paty con fritas y la tentación de pedir otro adelanto.

El ascensor estaba repleto de codazos; en el piso diez, sus puertas se abrieron a un vestíbulo amplio y despejado, alfombrado con espuma de mar de color alga vieja. A la derecha había un par de sillones de cuero alrededor de una mesita de más vidrio y acero; a la izquierda, un escritorio de madera lustrada, un conmutador con luces navideñas y una recepcionista rubísima.

Jáuregui fue hacia el escritorio y la recepcionista le preguntó a quién buscaba con tono perdonavidas. Jáuregui entendió que no estaba vestido de acuerdo a la ocasión. Ella tenía un peinado de león en celo y una camisa blanca y etérea muy abierta sobre el pecho dorado; era notorio que esa mañana se había puesto las tetas de salir.

—Vengo a ver al doctor López Aldabe.

—¿Tiene cita con él?

La rubísima debía hablar francés e inglés y gemir con el tono adecuado. Parecía un digno producto de una escuela de monjas británicas, y era probable que hubiese practicado hockey hasta el año anterior, que siguiese yendo al gimnasio un par de veces por semana para mimar sus glúteos y que tuviese un novio jugador de rugby en un equipo de San Isidro. Aunque eso no la descalificase para pasar algunas tardes de sudorosas tareas en un departamento de un ambiente, moquette y aire acondicionado cerca de La Biela, con el director general o el gerente de marketing.

—La arreglamos por teléfono hace un rato.

—Tome asiento, por favor.

Jáuregui cruzó la espuma de mar hasta uno de los sillones. Estaba a punto de hablar con López Aldabe y todavía no sabía muy bien por qué se iba a meter en esto. Lo había pensado bastante la noche anterior, cuando caminó solo desde Palladium hasta su casa, entre brisas del fin de la noche y majestuosas montañas de basura hurgadas por batallones de anticuarios, pero entonces tenía en el cuerpo una medida considerable de alcohol y cocaína y la vida le parecía un entretenimiento con la justa dosis de susto y seguridad que ofrece la montaña rusa. Ahora, en cambio, no terminaba de decidirse por una buena razón.

Estaba claro que el dinero importaba; nunca tenía demasiado, a veces ni siquiera suficiente, y éste era uno de esos momentos. No era fácil mantener su estilo de joven acomodado con ingresos tan ocasionales y estaba realmente sin fondos pero, además, tenía treinta y cinco años y seguía sin saber muy bien qué hacer de su vida y seguía preguntándoselo, como si todavía pudiera hacer algo. No era que pensase en hacerse detective privado: era uno de los pocos mitos que no había comprado. Pero estaba seguro de que podía conseguir alguna información, y negociarla.

La chica del norte abandonó su bunker de madera porque tenía un par de medias negras con costuras y firuletes bajo el recuerdo de una pollera negra, y su vida habría sido muy triste sin poder mostrarlas. Le dijo que por favor la acompañara, y Jáuregui retomó la navegación por la espuma, hundiéndose hasta los tobillos. Fue todo un viaje.

El doctor Rafael López Aldabe estaba vestido como para asistir a su propio entierro: en la Recoleta, por supuesto. Tenía un traje gris oscuro, una camisa tan blanca como la blanca y una corbata bordó que hacía juego con la pintura laqueada de las paredes de su despacho. Debía tener también cincuenta años largos, mucho dinero invertido en manicuras y un aspecto de saber maquillar muy bien sus puntos débiles. De hecho, muchos habrían opinado que no tenía ninguno.

El doctor estaba parapetado detrás de un escritorio casi vacío, para cuya construcción se habrían usado unas trescientas sequoias de invernadero, árbol más, árbol menos. Cuando se abrió la puerta del despacho, el doctor ya estaba parado detrás del escritorio, metros y metros más allá, desplegando los brazos para un abrazo que no pensaba dar:

—Matías, querido, cómo estás tanto tiempo.

Dijo, con una extraña manera de escandir la frase, que lograba disimular muy bien su contenido.

—Fantástico, Rafael, muy bien. ¿Cómo te va a vos?

—Bien, bien, dentro de lo que cabe. Y vos sabés

que cabe cada vez menos, Matías, cada vez menos.

—No parece que tengas de qué quejarte...

Dijo Jáuregui mirando a su alrededor, justo antes de recordar que él estaba allí para hablar de los motivos de queja del doctor López Aldabe. Que se hizo el oso.

—¿Y cómo está tu padre?

—Bien, gracias. Un poco aburrido, no está acostumbrado a quedarse en casa sin hacer nada. Pero ya encontrará algo.

—Seguro, seguro. Gran tipo, el coronel.

Dijo López Aldabe, afable, pero los dedos de su mano derecha ya estaban tamborileando sobre la mesa. Su cara, a todo esto seguía impávida. Una cara de busto romano: la misma pulcritud de líneas, la misma altivez, la misma simpatía. Hubo un silencio. El busto empezaba a impacientarse:

—Así que ahora querés ser detective.

—Ya que no puedo ser banquero...

—No jodas, Matías, y explicáme un poco mejor lo que me decías por teléfono.

—Es eso, poco más o menos. He conseguido ciertas informaciones que nos pueden llevar a encontrar a los ladrones de tumbas, y pensé que podía interesarte.

—Y querés pasarme esos datos...

—No.

Jáuregui se dio cuenta de que había sido demasiado tajante, más de lo que quería. Recorrió el lugar con la mirada, tratando de evitar los ojos de López Aldabe, para que no notara su incomodidad. Buscaba algo para cortar la situación y sacó del bolsillo de la camisa una caja de marlboro box; le ofreció uno al doctor, y los dos prendieron sus cigarrillos con sus propios encendedores.

López Aldabe se echó hacia atrás en su butacón de ejecutivo exitoso y largó ruidosamente el humo. Después, con el tono de quien explica por cuarta vez una obviedad a un chico un poco lelo, habló:

—Hagamos una síntesis de la cuestión. Alguien se llevó el cajón de mi querida abuela, que en paz descanse, si puede, del lugar de su eterno reposo. Lo cual debería perturbarme, pero tampoco tanto. Se supone que ese alguien debería llamarme o mandarme una nota pidiéndome guita, pero hasta ahora no hay noticias. Acabo de hablar con mi hermano Carlos y él tampoco recibió nada. Otros primos tampoco. Y te cuento: no está muy claro lo que vamos a hacer cuando recibamos el mensaje. Pero me parece que no le vamos a dar bola.

Jáuregui se inclinó hacia adelante, como para decir algo.

—Sí, sí. No te me vas a escandalizar como si fueras mi tía Remedios. Es muy simple: si cedemos a la extorsión, los tipos, estos mismos o cualquier otro, pueden decidir que les gusta el baile, y seguir bailando. Y entonces puede ser que no se lleven un paralelepípedo de cedro sino a alguno de mis hijos, o a mi mujer, para lo cual estoy pensando en abrir una licitación, o a mí mismo. Y prefiero pararles el carro desde un comienzo, ¿entendés? Lamentándolo mucho por la paz eterna de la que tanto disfrutaba mi querida abuela, que te puedo asegurar que en estos últimos diez años no ha hecho nada para merecer esta cruz.

López Aldabe hablaba con elegancia lenta, buscando de tanto en tanto una palabra rebelde, con la mirada perdida en las volutas de su propio humo. En sus dedos, el marlboro parecía siempre a punto de transformarse en un cohiba. Frente a él, en la otra punta de la habitación, una fotografía en blanco y negro con mucho cartón alrededor y marco sobredorado mostraba a un joven vestido de etiqueta con finos bigotes retorcidos hacia arriba. Era, seguramente, su abuelo Félix, el ministro. López Aldabe parecía hablarle a él. De pronto, se dirigió directamente a Jáuregui:

—Además, mi querido Matías, imagináte un poco la situación de estos pobres diablos cuando se den cuenta de que tienen en la heladera un fiambre que no vale nada. Tarde o temprano van a pensar que es incómodo y que les conviene más decorar el living con plantas de interior. Entonces lo tirarán por ahí y todos contentos. Y otra cosa: no te olvides de que soy el presidente de un banco serio y respetable, y que este banco tiene su propio equipo de seguridad, así que no te vas a sorprender si te digo que tengo un par de perros viejos detrás de la cuestión. Y con eso me basta, Matías, me basta y sobra.

López Aldabe volvió a su postura inicial, vigilando el vacío. Parecía claro que ya había dicho todo lo que quería decir. Por un momento, a Jáuregui también le pareció que estaba todo dicho. Entonces lamentó estar en mangas de camisa: un traje lo habría hecho sentirse más protegido, un poco acorazado: para eso sirven los trajes, y las novias tetonas. Pensó que tenía que intentar algo:

—Te entiendo, Rafael, pero los datos que yo tengo podrían facilitar las cosas, y hasta podríamos contactar con los secuestradores...

Entonces, como hablando solo, López Aldabe agregó una frase:

—Son perros viejos, viejos y duros. Y están convencidos de que tienen que encontrar a los zorros. De que tienen que encontrarlos. Y no creo que les guste que se les cruce nadie en el camino, Matías. Vos sabés cómo es esa gente.

El doctor aplastó su cigarrillo en un gran cenicero de cristal de roca, con mucha lentitud, meticulosamente, hasta que no quedó ni rastro de brasa. Después repitió en tono grave: "Vos sabés cómo es esa gente".

Jáuregui se quedó cortado, sin saber qué decir. Estaba claro que tenía que decir algo, pero tampoco sabía cómo interpretar las palabras de López Aldabe; en realidad, estaba a punto de aceptar que por ese lado no conseguiría nada más. Ya preparaba su saludo cuando se abrió la puerta del despacho.

La ceja izquierda del doctor se alzó unos nueve milímetros. Junto a la puerta abierta estaba una mujer de cuarenta y tantos años que parecía una premonición: era como si la rubísima hubiese envejecido veinte años en quince minutos. Jáuregui ya conocía a la mujer de López Aldabe; la había visto también, en alguna fiesta o algún club.

—Sara, ya te he dicho muchas veces que no entres así cuando estoy con gente —dijo el doctor, con una voz tan amable que parecía a punto de estallar—. Pero, bueno, pasá, no te quedes ahí. Matías, creo que ya conocés a Sara, mi mujer.

Su mujer avanzó hacia el escritorio. Tenía una elegancia pulposa y aristocrática, sólo desmentida por las pecas pálidas que coloreaban su nariz de veinte mil dólares. Jáuregui había oído decir que Sara, Sara Goldman, había sido secretaria de López Aldabe veinte años atrás. El iba para solterón cuando ella lo pescó, en circunstancias confusas. Había sido una boda muy comentada. Pero era increíble su semejanza con la secretaria actual. Jáuregui admiró, por un segundo, la constancia de las convicciones del banquero.

—Estaba de compras en el centro y se me ocurrió pasar a verte. La chiquita que tenés ahí afuera no me avisó que estabas ocupado.

Dijo ella con una voz un poco aguda, inesperada.

—Sí, claro. Pero vení, sentáte. De todas formas Matías ya se estaba yendo.

López Aldabe se paró y Jáuregui entendió que tenía que hacer lo propio. Cuando se inclinó para besarla, la mujer lo miró muy de frente, justo en las pupilas. Tenía los ojos de un color extraño, ni verde ni azul, y bastante pintura alrededor. López Aldabe lo acompañó hasta la puerta, llevándolo por el hombro, amistoso.

—Te agradezco mucho, de todas formas. Y no te pierdas. A ver si un día de estos nos hablamos y te venís a comer un asado a la quinta. Y mandále muchos saludos a tu viejo.

Se dieron la mano con esa energía que se supone varonil. La rubísima ya estaba esperándolo del otro lado de la puerta. Mientras recorrían el pasillo hacia el ascensor, Jáuregui pensó que su carrera había sido corta, o que acababa de empezar. La chica caminaba delante suyo, despacio, exageradamente despacio, a golpes de cadera, y Jáuregui resistió la deleznable tentación de hacerle una zancadilla.

Cuatro

En la pantalla, un jugador de fútbol piloso y transpirado trataba de explicar los pormenores más íntimos de un gol, pero la voz se parecía demasiado a la de David Bowie cantando take a walk on the wild side con coritos de tres negras y un solo de saxo. Cuando se acabó el casete hubo silencio. Jáuregui no levantó la cabeza. Estaba sentado a la mesa de su casa, pintando una figurita de plomo como si el mundo empezara y terminara en los bigotes negros del mameluco que nunca quiso conocer el hielo. Eran las siete de la tarde. Fue entonces cuando sonó el teléfono:

—Ocho cero dos nueve dos siete dos. Matías Jáuregui no está, pero le contestará en cuanto pueda. Gracias —el contestador silbó con un pitido largo y dos muy cortos: en alguna parte, una voz de mujer un poco aguda dijo: "Matías, quería hablar con vos por lo de esta tarde. Soy Sara de López Aldabe y mi número...", y no se oyó mucho más, porque Jáuregui saltaba hacia la máquina y descolgaba el tubo.

—Hola, hola, ¿Sara?

—O sea que estabas ahí.

—Bueno, no estaba, pero una agradable sorpresa me hizo estar.

—Tengo que hablar con vos. ¿Puede ser dentro de un rato?

—Puede ser. ¿Nos vemos en el bar de Callao y...?

—Prefiero pasar por tu casa, si no te molesta.

—Eeh, no, por supuesto. ¿Tenés para anotar la dirección?

El sol ya se estaba poniendo detrás de una mole de edificios pero el calor seguía derritiendo las uñas de los ciudadanos. El living se debatía en una media luz de tintes rojizos y Jáuregui se calzaba una remera negra sobre el pecho húmedo cuando escuchó el timbre.

Sara de López Aldabe tenía el mismo conjunto de pollera y camisa de lino color crudo que llevaba más temprano en la oficina de su marido; su melena rubia estaba un poco más desordenada. Jáuregui había abierto la puerta y ahora estaban parados los dos, uno a cada lado de la entrada. Sara Goldman se sacó los anteojos negros con reborde dorado y el movimiento del brazo lanzó una vaharada de olor a poison.

—Dejáme pasar, Matías —dijo sonriendo—. No nos vamos a quedar parados acá toda la noche.

El murmuró claro por supuesto y se apartó. Ella entró con su perfume a cuestas. Avanzaba con total desprecio por cualquier equilibrio ecológico previo.

—No te lo tomes así. Si te pedí que me recibieras acá fue porque quería que pudiéramos hablar tranquilos... Bueno, ¿me vas a convidar con un whisky?

La mujer dejó el bolso de cuero negro sobre la mesa, al lado de los soldaditos y los potes de pintura, y se sentó en una de las sillas. Al fondo, el sillón de dos plazas no ofrecía grandes condiciones de habitabilidad: años atrás había sido tomado por una jauría de toallas, camisetas, zoquetes y otros animales salvajes que no parecían dispuestos a abandonar la presa.

Las paredes del living clamaban por una mano de pintura; sobre el sillón, un único cuadro hacía más obscena su desnudez. Era un afiche donde casas, calles y parques dibujaban una ciudad naïve, coronada por una leyenda: Madrid, claro que sí. Jáuregui volvió de la cocina con dos vasos de whisky con hielo. La mujer había encendido un cigarrillo y fumaba con la cabeza echada hacia atrás, mientras su pierna izquierda se balanceaba, cruzada sobre la derecha, haciendo malabarismos con una sandalia que no terminaba de caer del pie correspondiente. Las piernas, ambas dos, eran elementos rotundos, broncíneos, dibujados más que cubiertos por la tela traslúcida y escasa de la falda. En general, la señora de López Aldabe resultaba contundente sin ser excesiva: una mujer en todos sus cuarenta.

—Aquí tiene, señora —dijo Jáuregui, dejando el whisky sobre la mesa, al alcance de una mano pesada de anillos—. ¿Me dirá usted ahora a qué debo el honor de su visita?

—No te impacientes, Matías, dame un momento de respiro y te cuento todo.

La señora parecía agitada. Tomó un sorbo de whisky, dejó el rojo grosella de sus labios en el cristal y empezó a pasarse el vaso, frío y húmedo, por la frente, el mentón y las primeras estribaciones del pecho. "Este calor me altera", dijo, con su voz insuficientemente ronca. Jáuregui se sentó en otra silla, a su lado, y pensó que como show ya estaba bien y, apenas un segundo después, que quizás tendría que haber puesto un poco de música. Después decidió que le convenía hacerse el tonto.

—Me parece que tu marido ya fue suficientemente claro.

—No prejuzgues, Matías, no vayas demasiado rápido. Rafael tuvo que contarme por qué estabas ahí, y me dijo que había preferido no mezclarte en el asunto. Y que prefiere que nadie se meta. Pero yo lo conozco y sé que está muy preocupado, aunque no lo vaya a reconocer nunca. El está sufriendo mucho por todo esto...

—Seguro, cuando lo fui a ver esta tarde tenía el rimmel corrido de tanto llorar.

—No seas tonto. Yo sé que está sufriendo. Nunca pensé que quisiera tanto a su abuela. Yo casi no la conocí, ¿sabés? Cuando me casé con Rafael a ella ya la habían internado en esa residencia donde murió. Así que la vi el día de la boda, que la trajeron, pero ni siquiera quiso saludarme. Me parece que no aprobaba del todo nuestro casamiento. Y después la debo haber visto una o dos veces más, hasta que se murió. Como comprenderás, nunca la quise especialmente; lo raro es que Rafael, cuando la vieja nos criticó, la mandó al carajo, y muchas veces hemos hecho bromas con lo anticuada que era y que pensaba que estaba todavía en tiempos del centenario o vaya a saber qué. Por eso me extrañó que el asunto lo afectara tanto.

—Quizá no sea la abuela en sí sino el famoso honor de la familia, signifique lo que signifique. Te puedo decir por experiencia que hay gente que todavía cree en esas cosas.

—Probablemente debe ser eso. El día del robo le oí decir varias veces que era una terrible tocada de culo, que se la iban a pagar. Y Rafael es muy machito, no le gusta que le toquen nada —dijo su señora, mientras su sonrisa se hacía cada vez más inocente y pura, tan pura como la lana virgen de un pulóver de banlon, tan inocente como la Sarli, y su pierna malabarista se arqueaba hasta quedar izada en el aire, perdida la sandalia, a milímetros de la cadera de Jáuregui. Que optó por mirar cara a cara, muy en los ojos, al mameluco del desierto:

—¿Y entonces?

—Y entonces, impaciente Matías, me parece que aunque mi marido no lo sepa aceptar, vos podrías hacer algo.

—¿Hacer algo?

La pierna se movía en círculos muy estrechos, como un ejercicio de gimnasia para cuadripléjicos. El pie se mostraba suave y cuidado, con las uñas pintadas de malva, pero algo en él indicaba que no tardaría en engendrar la perversión de un juanete.

—Sí, hacer algo. Seguir esos datos que tenés y llegar hasta los que se llevaron a la abuela.

—¿Y entonces?

—Y entonces venís y me contás todo y yo se lo cuento a Rafael. Me gustaría mostrarle a mi querido esposo que todavía puedo hacer algo por él.

Dijo ella, con ritmo cada vez más lento, mientras su pierna seguía sus círculos estrechos y su pie, con uñas malva, frotaba el cierre relámpago del pantalón de Jáuregui como si quisiera dejarlo reluciente.

—Y todo esto para complacer a la señora.

Dijo él, que ya no miraba los ojos oscuros del mameluco porque la pierna se movía más y más y la pollera se había abierto, descubriendo una entrepierna de puntillas blancas y sombras sin colores.

—Y todo esto —dijo ella deteniéndose en cada palabra, casi jadeante— porque la señora sabrá recompensarte —dijo, acentuando la presión del pie y los giros de la pierna— con el dinero necesario —dijo, mientras las manos de Jáuregui se agarraban a la pierna como si quisieran impedir una caída y subían hacia las puntillas y las sombras justo en el momento en el que ella retiraba la pierna, se calzaba la sandalia, bebía el último sorbo de whisky y se paraba, alisándose la pollera.

—¿Estamos de acuerdo? —dijo, con modos de secretaria ejecutiva.

Y Jáuregui, parándose también, le contestó que estaban de acuerdo. La señora recuperó su cartera y fue hacia la puerta. Se pasó una mano por el pelo y se la tendió a Jáuregui:

—Teneme al corriente de lo que vayas averiguando y no te preocupes por los gastos.

Jáuregui estrechó brevemente la mano húmeda, que la señora retiró demasiado rápido para abrocharse el tercer botón de la camisa de lino. Jáuregui estaba seguro de que, cuando llegó, el botón estaba desprendido.

—Y no pierdas el tiempo, Matías. Necesito que me satisfagas lo antes posible.

Cuando cerró la puerta, Jáuregui pensó que tendría que haber arreglado el precio.

Cinco

—Lo que pasa es que así no se puede vivir.

—No, no se puede, y además es imposible. En cuanto paran las huelgas empieza la inflación, y encima ya no se respeta más a nadie.

—Y ahora los negros con los saqueos. Los negros no tienen patria, no tienen. Solamente piensan en ellos, vio.

—Acá lo que hace falta es una mano dura.

—Alguien que ponga orden.

—Sí, un hombre honesto pero valiente, un verdadero patriota con los huevos bien puestos.

—Sí, y encima que tenga ese destino.

—Disculpen, estoy buscando al Colorado Funes.

Los dos veteranos cortaron la charla con un gesto de asombro, como si el obelisco se hubiera caído a sus pies sin hacer ruido. Uno estaba detrás del mostrador de fórmica; el otro, delante, frente a un vaso de moscato. Entre ambos juntarían, grosso modo, ciento cincuenta años, doscientos kilos y treinta y seis pelos. El de delante del mostrador empezó a examinar con detenimiento una curiosa versión de su propia cara que había aparecido en el vidrio de una campana que enjaulaba triples de tomate. El encargado del bar miró a Jáuregui:

—¿Y para qué lo busca?

—Es un asunto personal.

—Entonces nos callamos todos y santo remedio.

Jáuregui sopesó la situación mientras investigaba un poster color de Boca Campeón 1981, seguramente una doble página de *Crónica.* Había sido un tiro al aire, pero parecía que podía dar en algún blanco. En definitiva, hasta ahora todo había sido un juego a ciegas. Las informaciones que realmente tenía eran tan claras como la huella de una mariposa en el asfalto. Pero cuando la intachable señora de López Aldabe lo dejó en la puerta de su departamento con quince centímetros de más en la mitad del cuerpo y una difusa sensación de estafa, se dio cuenta de que ya estaba entrampado en el juego. Acababa de confusamente contratarlo, y debía ponerse en campaña. Así que decidió empezar por lo único que le parecía claro: tenía que encontrar a un Colorado Funes en el "británico del parque...". Y encontrarlo rápido.

El británico del parque tenía que ser el bar Británico de Brasil y Defensa, enfrente del parque Lezama. Más de una vez, a principio de los setenta, se había encontrado con Angela en ese bar y, a su vuelta de España, había descubierto que el bar ya no se llamaba Británico sino Tánico. "Fue durante la guerra de Malvinas", le explicaron entonces, "cuando cambiaron todos los nombres que sonaban a inglés. A éste, para no tener que pagar carteles nuevos, le sacaron el Bri y se quedó convertido en un dechado de patriotismo". Pero nadie había dejado de llamarlo Británico y en el 86 u 87 pasó una vez por esa esquina y vio que el bar había recuperado su santo nombre. "La guerra ha terminado", pensó entonces.

—El problema es de dónde sacamos un tipo así.

Los dos veteranos habían retomado su charla. Jáuregui arriesgó otro bluff:

—Disculpen de nuevo, pero tengo que encontrarlo a Funes. Le traigo un mensaje urgente de su cuñado, del Negro.

—Me extraña.

El extrañado era el del bar. El otro había vuelto a su imagen en el tomate.

—¿Cómo que le extraña?

—Me extraña, porque al Colorado se lo llevó la cana de acá mismo hace un par de días, y su cuñado debe estar al tanto.

—¿Se lo llevó la cana?

—¿Y usté no lo sabía?

—Se lo estoy preguntando.

—Entonces usté no lo conoce.

—Le digo que soy un amigo del Negro.

Jáuregui intentaba cuidar sus maneras, disfrazar el acento de barrio norte. El viejo lo miraba en silencio desde detrás del mostrador; su pelada se reflejaba en el espejo que le cuidaba las espaldas, justo encima de una fila de botellas de cubana sello rojo.

—Mire, al que le tiene que preguntar es a Soriano.

—¿Y a Soriano dónde lo encuentro?

—¿Qué se va a servir?

El viejo entrecerró los ojos, esbozó una sonrisa de placer y se entregó a extrañas convulsiones. Después escupió un cuarto kilo hacia el costado, siempre detrás de la barra. Eran las diez de la noche y el Británico estaba casi vacío. Mesas cuadradas de fórmica, sillas de madera con asientos de cuerina verde, un gato derrotado por el calor revolcándose en las baldosas y una buena colección de botellas de caña, grappa, aperitivos y ferroquinas en las paredes. En la otra pared, la del teléfono público y los baños, volantes y afichecitos pegados con cinta scotch anunciaban perimidos talleres de plástica, nuevas escuelas de tango, grupos de teatro, estudios de mimo y expresión corporal y otros exquisitos rituales de los nuevos invasores del barrio. Debajo de esos papeles, con la Verde en la mano, un hombre de unos cincuenta años tomaba una ginebra sin hielo.

—Una ginebra con hielo.

Jáuregui sacó un billete grande y lo dejó sobre la fórmica del mostrador. El del moscato silbaba una canción de Julio Iglesias.

—¿Le parece que será muy difícil encontrar a Soriano?

El viejo del bar se secó con un pañuelo el sudor de la calva, se metió el billete en el bolsillo de la chaqueta marrón y señaló con la cabeza al hombre de la Palermo Verde.

—No, no mucho.

La iluminación de tubos de neón creaba zonas de luz y zonas de sombra. Al amparo de la sombra, en el reservado Familias, una parejita de secundarios se juraba amores con las manos. Jáuregui se llevó su ginebra hasta la mesa del turfman.

—Disculpe, me dijeron que usté podía decirme dónde puedo encontrar al Colorado Funes.

—¿A quién?

—Al Colorado Funes.

—No lo conozco.

—¿Y a tu puta madre tampoco, no?

No era la mejor forma de hacer amigos y triunfar en sociedad. Por lo menos, Dale Carnegie no lo había incluido en su famoso libro. Jáuregui tuvo la sospecha de que estaba sobreactuando, pero no dedicó mucho tiempo a la reflexión. El supuesto Soriano tiró la Palermo sobre la mesa, la silla al suelo y se paró. Fue como si no lo hubiera hecho: quedó a la altura ideal para lamerle a Jáuregui las pelusas del ombligo. Jáuregui, sin embargo, no contempló esa posibilidad.

—Disculpe, no lo quise ofender.

Dijo, dando un paso atrás para no tener que mirar hacia tan abajo.

—¿Y no se le ocurrió una manera mejor de caerme simpático?

Dijo el otro, alisándose el saco azul gastado y la corbata marrón sobre camisa escocesa.

Jáuregui le levantó la silla, la puso en su lugar y le pidió permiso para sentarse con él.

—Encantado. Siempre me ha gustado hablar de fútbol. A propósito mi nombre es Soriano, Washington Soriano.

—Matías Jáuregui, mucho gusto.

El aspecto de Soriano no tenía desperdicio, pero Jáuregui sólo tenía ojos para el lunar. El lunar brotaba impetuoso en el medio de la frente de Soriano: vasto, pulposo, peludo, turgente como un beso de Kali y un beso de Shiva y un beso de Brahma, preclaro testimonio del perpetuo ménage á trois de las deidades indostanas. Y, todo en derredor del lunar, como brotando del lunar, una cara profusamente sarmientina por lo carnosa, por lo abundante, por la desproporción y desmesura de los rasgos, por la imposible adición de peras y manzanas.

—¿Así que de River, no?

—Soriano, necesito que me diga algo.

—Carrizo, Ramos Delgado y Matosas. Sainz, Cap y Varacka. Cubillas...

—Soriano, hay guita grande.

—Seguro, jefe. Si les dicen los millonarios.

Jáuregui se tomó de un trago la mitad de la ginebra con hielo, tratando de tomárselo con soda. El calor seguía siendo sofocante, y por las grandes ventanas abiertas corría tanto viento como por la tumba de Amenofis IV, también llamado Akenatón. Jáuregui pensó una vez más que le convendría cambiar de táctica.

—Soriano, lo único que le pido es que me escuche cinco minutos. Le quiero contar una historia.

El esperpento se quedó callado, mirando su vasito. Jáuregui supuso que debía seguir hablando.

—Pongamos que, en un lejano país de fantasía, unos jóvenes gallardos y aventureros encuentran, una noche sin luna, una caja negra y maltratada, con los herrajes de bronce deslustrados por el paso del tiempo. Pongamos que, azuzados por la curiosidad, estos valientes muchachos se llevan el cajón a su refugio para descubrir lo que contiene. Imaginemos su sorpresa cuando se encuentran con los despojos de un señalado caballero, gran señor de la Francia desterrado a esas playas. Y su congoja cuando piensan en el desconsuelo de la afligida familia del caballero, buscando por todas partes un receptáculo que no tendría por qué haberse movido de su lugar. Entonces, podemos imaginar que los jóvenes gallardos no logran, por más que exprimen y apretujan sus dotados cacúmenes, encontrar la manera de restituirlo; la proeza les resulta cada vez más trabajosa y, al cabo de un tiempo, consideran justo y sensato recibir por sus esfuerzos alguna compensación, alguna recompensa. Y siguen sin saber cómo hacer. Pero supongamos que en eso están cuando la cosa se complica aun más, porque la fortuna y el destino les deparan el azar de otro encuentro, de otra caja negra que se cruza inopinadamente en sus caminos. La empresa se ha multiplicado: los jóvenes gallardos, ya completamente desvelados y famélicos, recorren los recovecos del reino en busca del mago que les acerque la solución de sus pesares. Y pongamos que entonces, precisamente entonces, aparece un humilde servidor que está dispuesto a remediar todas las injusticias porque conoce a las desconsoladas familias y conoce también los medios para que estas familias aporten a los jóvenes gallardos la justipreciada recompensa, y por eso los busca, remueve cielo y tierra, Roma con Santiago...

Soriano parecía encantado. Había apoyado su gigantesco mentón en su manita de miniatura y escuchaba sin un pestañeo de los ojos vacunos. Debía hacer mucho tiempo que nadie le contaba una historia. En realidad, Jáuregui también estaba sorprendido y encantado con su historia. Habría seguido, pero ya no sabía qué más decir.

El esperpento tampoco decía nada. Callado, miraba como si quisiera más. Jáuregui pensó que, para variar, había hecho el tonto. Que el enano no sabía nada de los fiambres, que vaya a saber si conocía al Colorado Funes, que quién dijo que el Colorado Funes sí sabía. Miró de nuevo el afiche de Boca Campeón y se lamentó, como tantas otras veces, por no haber estado en la Argentina en esa época. "Maradona en la Bombonera tiene que haber sido algo grande", dijo, casi sin querer, y el otro se sobresaltó.

—¿Tiene un cigarrillo, jefe?

Jáuregui dejó los marlboro box sobre la mesa de

fórmica. Soriano sacó uno y lo encendió con un fósforo de cera que tenía en el bolsillo del saco. Frunció los labios como para hacer un anillo de humo, pero la nube le salió parecida al cadáver de una ameba virgen.

—Gracias, si viene mañana a eso de las seis, capaz que yo también le puedo contar una historia.

—¿Mañana sábado?

—Sí, ¿por qué? ¿Tiene que ir a la peluquería?

Seis

La doble fila de cipreses filtraba con delicadeza el sol de la mañana. El camino central estaba desierto, y la única señal de vida provenía del chillido desacompasado de miles de pájaros. Los angelotes de piedra también cantaban, en una frecuencia que Jáuregui no consiguió percibir. Era el ambiente ideal para la publicidad de un banco sólido, que quisiera infundir seguridad a sus clientes.

Jáuregui se había levantado curiosamente temprano, poco antes de las diez, y después de la ducha y el café todavía le quedaba mucho tiempo hasta la hora del rito sabático así que decidió ir a dar un paseo por el cementerio, a ver si averiguaba algo. En la plaza, alrededor del árbol interminable, La Biela empezaba a servir desayunos para cincuentones bronceados y unas cuantas niñeras paseaban niños ricos vigilados por custodios discretos, tan imperceptibles como un punk en una cena del club de leones, pero detrás de la arcada neofascista de la entrada el tiempo se empeñaba en no circular.

Hacía muchos años que Jáuregui no entraba en la Recoleta: desde el entierro de su abuelo paterno. Casi sin proponérselo avanzó por el camino de cipreses y dobló a la izquierda en la segunda calleja. Las tumbas eran el resumen del país de aluvión: había cúpulas de mosaico bizantino sobre columnas de románico occitano, una cabeza de elefante babilonio coronando un arco morisco que daba refugio a una madonna con niño de mármol italiano, un obelisco egipcio montado sobre capitel corintio, muchos bustos ceñudos esperando el juicio de la historia, y todo estampado con nombres de manual de Ibáñez, todos mezclados, los buenos y los malos, federales y unitarios, azules y colorados, civiles y militares, como para demostrar que el verdadero país es uno solo y ése: ése donde ellos mueren y han vivido. Jáuregui se paró frente a una construcción pequeña, desastrada, de diseño neoclásico, en la que dos columnas falsas enmarcaban una puerta de bronce. En el frente, bajo el frontis triangular donde reposaba una virtud, su nombre aparecía tallado en bajorrelieve. Sin pensarlo demasiado, empujó la puerta, que empezó a abrirse. De pronto, de la nada, apareció una sombra con voz de ultratumba:

—¿Buscaba a alguien?

Jáuregui se dio vuelta de golpe. El sepulturero era muy alto y estaba más flaco que muchos de sus huéspedes. Tenía un pantalón de trabajo azul muy gastado que le llegaba a media pantorrilla. La camisa azul era más nueva y tan corta como el pantalón. El sepulturero tenía más de sesenta años, la piel oscura y arrugada y muy pocos dientes en la boca inútil; para hablar, utilizaba un agujero en la tráquea que dejaba escapar sonidos confusos y culebras de baba, alternativamente o al unísono:

—Sabrá perdonarme si lo aterroricé. Aún no tengo ducha la lección de hablar con la propiedad a través de este orificio.

—¿Hace poco que se lo hicieron?

—Sí, veintiocho meses. ¿Puedo serle de primera utilidad?

La voz era un ronquido del demonio. Jáuregui quería desaparecer de allí cuanto antes.

—¿Usted no será uno de esos asalariados del reporte?

—¿De qué?

—Del reporte. Periodistas, entiéndamé. Estuvo lleno estos días, esto, por los ladrocinios. Entre periodistas y servidores del orden acá no hubo paz para nadies.

Decididamente, el cadáver afónico tenía ganas de hablar, y una labia a toda prueba. Jáuregui pensó que quizá valiera la pena tirarle un poco de la tráquea:

—Más que policías y periodistas, lo que hubo acá fueron ladrones.

—Sí, pero esos congéneres no se divisan.

—¿Está seguro?

—¿Qué me significa?

—Que no entiendo cómo pueden entrar tan fácil y tan a menudo. Tiene que haber alguien que les abra la puerta, ¿no le parece?

—Ya imaginaba yo que el señor era policía...

—Un carajo. Acá están enterrados mis mayores y estoy preocupado por su seguridad.

Jáuregui sonrió ante su propia dignidad inverosímil. El esqueleto ronco se lo había tomado en serio.

—Perdone el señor, no quise ofenderlo. Es cierto que están pasando acciones muy oscuras. Pero le aseguro que nosotros no mantenemos la culpa de nada. Nosotros sabemos que acá están los mejores muertos y nos desvivimos por ellos.

La situación era desesperada; los mejores despojos de la nación amenazados por una horda de impíos fantasmáticos y defendidos por un harapiento ejército de huesudos sin garganta. Jáuregui acentuó la sonrisa y pensó que ésa sí era una causa noble:

—No me dijo nada sobre los robos.

—¿Y qué podría decirle yo, su servidor? Acá ya no hay ley ni orden. Si yo le contara los desturbios que suceden acá de noche el señor no me creería. Hasta misas negras me hicieron, señor, en este sagrado. Así que no se asombre o desmande si se llevan a un muerto, pobrecito cuerpo del Señor.

El cuida se santiguó con una lentitud exasperante. Su ronquido era más elocuente que las golas de muchos hombres libres, pero nada de lo que decía resultaba demasiado útil. A lo lejos se oyó un ruido que sonaba infernal. Era un trueno: el cielo se había cubierto en cuestión de minutos. La primera gota le cayó a Jáuregui en el brazo; era gruesa como una amígdala y no hubo segunda, porque de pronto todo estaba lleno de agua. El sepulturero empujó la puerta de la cripta y entró; Jáuregui le siguió los pasos. Le sorprendió descubrir que el lugar no olía a podredumbre.

Muy poca luz llegaba adentro. A los lados de la puerta, dos largos estantes en cada pared sostenían cuatro ataúdes negros. No tenían brillo ni flores y sí tanto polvo como para confirmar la condena bíblica. A la derecha reposaba Matías Jáuregui (1902-1973), general de la Nación, encima de su señora Alberta Murrayfield (1915-1951). A la izquierda, arriba, Juan Idelfonso Jáuregui (1831-1899), general de la misma Nación, héroe de la guerra contra el Paraguay y de la campaña al Desierto, según una chapa de bronce deslustrado que mostraba un perfil de quepi y barba patriarcal. Abajo, en el peor de los cajones, Matías Jáuregui (1860-1908) de quien la placa no decía que había sido un ingeniero de minas muerto por una partida de bandoleros chilenos en el sur de la Patagonia. Jáuregui tuvo un escalofrío. El siniestro seguía con ganas de charlar. Jáuregui vio un anillo de casamiento en el anular del funebrero, y estuvo a punto de gritar de espanto.

—Así que ésta es su estimada familia.

—Y la tiene muy descuidada, por lo que se ve.

—No señor, no se crea el señor. Pero esto se arruina y se degrada. Si no viene un miembro o persona de la familia de vez en cuando… O también nos puede dejar el encargo especial.

El guarda trató de sonreír para apoyar su pedido; fue como si un mundo nuevo se abriera ante los ojos de Jáuregui: esa boca era más negra que el más negro sepulcro.

—¿Y los López Aldabe habían dejado el encargo especial?

—A mí, señor, a mí perfectamente. Desde hace unos meses, cuando se decidieron a lanzar a toda esa gente que vivía en las tumbas, ¿se recuerda? Entonces se apersonó una dama muy elegante, una dama grande, y me ofertó que mantuviera la cripta. Yo lo hago como lo mejor, porque hace treinta y seis años que estoy en esto, y sé desempeñarme. Así que yo mantenía, y ella venía una vez mensualmente a ver si estaba todo en su correspondiente aspecto y a ofertar unas flores. Dama muy generosa, doña María.

La larga tirada había sido demasiado para el espectro. La baba de su cuello le desbordaba sobre la camisa como una Medusa sin mirada. El hombre se recostó sobre un general Jáuregui para recobrar el aliento y limpiarse la tráquea. Jáuregui intentaba concentrar su atención en las grietas del techo. Además lo del olor no era del todo cierto.

—¿Y las de Rochefort y Riglos?

—Le confieso: de Rochefort no sé bien, porque se encarga un condiscípulo. Y la de Riglos sé que la tienen hecha un desdoro, muy bandonada. Más o menos como ésta, con el respeto bien debido.

Ya no se oía el repiqueteo de las gotas. Jáuregui asomó la cabeza y confirmó que el chaparrón había pasado. Afuera, los charcos se evaporaban como esperanzas y el calor seguía igual, pero más húmedo. Tampoco la lluvia había servido para nada.

—Si le parece y no le afecta, vamos a ir transmigrando.

El guardián de póstumas moradas lo llevó con paso difícil a través de dos o tres callejas. Daba la sensación de que todo su cuerpo de cordel se quebraba a cada paso, y era probable que lo hiciera. Jáuregui lo seguía sin saber para qué. Frente a un templete de mármol negro, cuadrado, racionalista, había un cabo federal fumando un cigarrillo. La puerta del sepulcro modernoso estaba clausurada por una faja judicial que decía clausurado; arriba se leía, en letras negras talladas en el mármol, "Flia. López Aldabe". O habían llegado al paraíso poco antes o habían aprovechado alguna bonanza económica para remodelar a nuevo la propiedad; en cualquiera de los casos, era notorio que se trataba de una familia que no perdía de vista a sus muertos. Dentro de lo posible.

El cabo saludó al espectro finito tocándose la gorra y llamándolo don Epifanio. Jáuregui le preguntó si podía ver la cripta por dentro.

—¿Está loco? Yo estoy acá para que nadie entre.

—Entiendo, sargento, pero seguro que eso se puede arreglar.

El custodio del la ley lo miró como si nunca hubiera

visto un argentino nativo, de edad mediana, estatura regular, señas particulares ninguna.

—¿Pero con quién se cree que está hablando? Nosotros somos gente honesta. ¡Retírese inmediatamente, haga el favor!

Jáuregui estaba acostumbrado a cumplir órdenes. Para alcanzarlo, el gusano tuvo que trotar suavemente detrás de él. Lo alcanzó al borde de la extremaunción y le preguntó, con su hálito postrero, si no quería ver las otras dos tumbas:

—Pero también se hallan clausuradas —le aclaró.

—No, ¿para qué las voy a querer ver?

—Con el respeto, señor, usté a mí no me traspasa. Si se le entiende que es del reporte. ¿Usté se supone que yo le voy a poner la firma que ésa era la familia suya? Pero igual le serví buenamente, ¿no es cierto?

Jáuregui lanzó una carcajada. Era tarde, el sol amenazaba con derretir los mármoles y no tenía sentido explicar nada, así que empezó a caminar hacia la salida. El otro intentó perseguirlo.

—Señor, señor, ¿no me va a facilitar un beneficio?

—No te preocupes, che, cuando te traiga a mi viejo ya vas a ver cuánto te dejo.

SIETE

Aunque solía tener llave, Jáuregui prefería tocar el timbre. Era una manera de marcar distancias, de reafirmar que esa casa ya no era su casa. Cuando Jacinta le abrió la puerta, retaca e invariable con su delantal azul y una cofia de puntillas que habría hecho las delicias de Pedrito Rico, el olor a hogar le saltó como siempre a la nariz, bajo la forma de aromas de cera, encierro y puchero criollo. Hacía décadas que todos los sábados, en casa de los Jáuregui, la familia reunida comía puchero criollo. Décadas, o quizá siglos.

Doña María Ester tenía claritos en el pelo, perlas en el cuello y otros muchos reflejos en el gris ratón de su tailleur impecable. Medias de seda color baba, zapatos al tono, brillantes en los dedos y un par de arrugas como el canal de Suez que corrían maratones de la nariz a la boca y daban a todas sus caras un rictus de desdén inamovible, aun cuando intentara trabajar de madre afectuosa.

—Matías, te veo más delgado.

—Estoy trabajando mucho, necesitaría un buen descanso.

—Y con ojeras. ¿Por qué no te vas unos días a la casa de Mar del Plata? Está desocupada, sabés.

—Porque estoy trabajando mucho.

—Por eso te digo. ¿Y cómo te va con las relaciones públicas?

—Bien, madre, ya te digo, pero abrirse camino cuesta mucho esfuerzo.

La señora tenía unos labios finos, casi inexistentes, que soportaban con dificultad el peso de una capa generosa de colorante rosa viejo. Tenía también sobreabundancia de huesos cubiertos con poca carne y mucho de algo que ella llamaría dignidad: el orgullo de una vida dedicada al té-canasta, la lucha de la parroquia, la abnegada ceguera ante los engaños de su señor marido y una desencantada persistencia en devolver a su hijo mayor a la recta senda:

—Vení, pasemos al salón que ya llegaron todos.

Jáuregui había llegado, como de costumbre, calculadamente tarde, y los demás ya estaban terminando sus whiskies. Su entrada en el living provocó tanto alboroto como el paso de un recadero chino por calles de Shangai. Dio un beso fugaz a su padre, saludó con la mano al resto y se sentó él también en uno de los sillones Luis XV instalados alrededor de una mesa baja de vidrio y marquetería. Los sillones, por supuesto, lucían sus fundas color cremita.

En uno de ellos estaba Marita, la hermana siguiente, y su marido. Marita se conservaba bastante bien a pesar de sus tres hijos y la tediosa obviedad de su consorte. Había sido una chica despierta, creía recordar Jáuregui, llena de inquietudes, casi licenciada en Letras y con una moral a prueba de crucifijos hasta que conoció al gordito, un ingeniero Juan José Giardinotti que se había enriquecido con la construcción de tambos y chiqueros de lujo, y se entregó a sus brazos y a las delicias del matrimonio con el mismo ardor con el que antaño discutía las novelas de Cortázar y las películas de Resnais. Jáuregui siempre tenía la confusa sensación de que ella había traicionado, aunque no supiera muy bien a qué o a quién, aunque no tuviera ninguna bandera cuyo abandono pudiera reprocharle. El ni siquiera había podido traicionar, pensaba entonces, y se calmaba hasta que volvía a oír las palabras tan sólidas y medidas del gordito:

—Sí, ya estamos terminando la casa de Punta del Este. El problema es que ahora tengo el jacuzzi demorado en la aduana —decía el cuarentón, y Marita lo miraba con una sonrisa arrobada que Jáuregui no podía entender. O soportar. Solía pensar en presentarle posibles amantes, otro tipo de fulanos, que la sacudieran, que le hicieran temblar las piernas, pero nunca terminaba de animarse. O de entender para qué.

—¿Un jacuzzi? ¿Para bañarse los dos juntos?

Con Ana, la tercera, nunca había tenido esa tentación. En realidad, ella los encontraba muy bien sin ayuda de nadie. El único problema era que los envolvía en sistemáticos proyectos matrimoniales que solían durar un máximo de cuatro meses y medio. Pero ella los creía, o simulaba creerlos, y empezaba a hablar de la casa que pondrían, y la ceremonia, y los regalos, hasta que el elegido de turno desaparecía con mayor o menor desbarajuste. Ana tenía veintiocho años y dos piernas de tal carisma que muchas mujeres se habrían conformado con una sola; el resto del cuerpo iba en proporción y trepaba hasta una cara levemente masculina, algo parecida a la su hermano mayor y, en última instancia, a la de su padre, que le daba un toque inquietante. Hasta el año anterior había trabajado como modelo de alta costura y no fue actriz porque —decía— no había querido prestarse a ciertos sacrificios. Ana dejó el modelaje cuando el novio de guardia —un cirujano plástico— se lo pidió y, tras la correspondiente ruptura, ya no tuvo ganas u ofertas para retomar la pasarela. Ahora estaba con uno que aparentemente se llamaba Juan Pedro y tenía cara de polista retirado; había sido presentado a la familia un mes atrás, decía ser estanciero y la boda empezaba a prepararse para el invierno.

—¡Matías, cómo se te ocurre! Y por favor, tené cuidado con la ceniza que se me arruina la alfombra.

Después de interrumpirse para ejercer brevemente su apostolado, la madre se dedicó a contar los pormenores de una carta recién llegada de Félix, el menor, que había seguido satisfactoriamente la carrera militar y estaba de teniente primero en el Plumerillo. Jáuregui se entretenía constatando una vez más la cantidad de datos inútiles que puede entrar en un relato, cuando entró Jacinta para su bolo acostumbrado: la mesa estaba servida. La señora sonrió con una de esas sonrisas gélidas que se derretirían al fuego de un fósforo de cera:

—A la mesa, que el puchero no perdona.

El coronel Jáuregui solía comportarse en la mesa como si quisiera demostrar que el bronce, al lado de ciertos militares de la Nación, era plastilina. Las reglas estaban claras: no se hablaba de política ni de religión, no se discutía, no se alzaba la voz. Jáuregui recordaba sábados en que el país se desmoronaba a su alrededor y la charla familiar no había abandonado los tópicos habituales. Era casi un refugio conmovedor. Los chicos comían en la cocina y, a esa altura, debían estar mirando los dibujos animados de la tele. La comida, como era previsible, transcurrió sin incidentes: las próximas vacaciones, el retiro de Sabatini, la venta del campo y la cirrosis de una tía no eran temas que se prestasen a la polémica. El trámite fue rápido y envaselinado. Un par de veces, Jáuregui estuvo a punto de hablar de su visita a la tumba de los abuelos, pero las dos pensó que no valía la pena.

* * *

El escritorio del coronel Matías Jáuregui parecía haber sido trasplantado tal cual desde otro tiempo: probablemente, así había sido. Y desde otro espacio, mayor. Mesa, butaca y bibliotecas de madera oscura, recargadas de tallas y volutas, eran demasiado grandes para la habitación que las encerraba. El coronel estaba sentado en el butacón, detrás de la mesa, y una especie de águila bifronte tallada en la madera del respaldo aureolaba su cabeza. Jáuregui, en una silla del otro lado de la mesa, pensó que para quien no lo conociera, podía resultar impresionante. Muy impresionante.

El semidiós se pasó una mano por el pelo corto y cano; con la otra jugaba con un cigarrillo apagado, hasta que se decidió a hablar.

—Hijo, vos sabés que nunca te he pedido nada —empezó el coronel, como cada vez que quería pedirle algo. Jáuregui intentó imaginar rápidamente qué sería, anticiparse a la jugada, pero decidió que no tenía la menor idea; no recordaba haber hecho nada, en las últimas semanas, que mereciera preámbulo tan agorero.

—Y sabés que siempre te he dado todo lo que estuvo a mi alcance —siguió diciendo, pero Jáuregui ya había puesto el automático. Conocía de sobra el sonsonete y, mientras esperaba las novedades, su mirada se encontró con una foto de un joven cadete del Colegio

Militar, con el pelo rapado, el espadín brillante y una sonrisa que habría podido venderle cocaína al cartel de Medellín. Se preguntó si realmente había sido ése alguna vez, pero no tuvo tiempo para seguir sus confusas disquisiciones porque el coronel ya estaba diciendo que había recibido una llamada de Rafael López Aldabe.

—...que es un buen amigo mío, vos ya lo sabés, y además hemos sido socios en algunos negocios, y le debo algún favor. Me contó que lo habías ido a ver por el asunto de los restos de su abuela y que le habías propuesto... tus servicios —el viejo hizo una pausa que quiso ser dramática. Ultimamente había empezado a encorvarse; su cuerpo flaco y orgulloso iniciaba el último rulo—. ¿Te parece necesario seguir avergonzándome, Matías? ¿Cómo vas a ir a ofrecerte así a un amigo mío?

—Si ya terminaste el sermón, te lo agradezco y me retiro.

—No, no terminé. Quiero que entiendas que no tenés que meterte en esto, y que me prometas que no lo vas a hacer.

—Ni loco.

Dijo Jáuregui en voz baja, tratando de contenerse. Era increíble que el coronel siguiera pensado que podía organizarle la vida como si tuviera doce años. Sobre todo, después de tantos fracasos; había que reconocerle, al menos, cierta obstinación. Pero no quería pelearse más de lo necesario. Corrió su silla y amagó levantarse.

—Esperá, esperá un momento. Ya sé cuál es el uso que hacés de mis consejos. Ya me lo has mostrado muchas veces. Y no se puede decir que te haya ido bien con esa política. Te lo vuelvo a decir: por una vez, haceme caso. López Aldabe me pidió muy especialmente que te dijera que...

—Ah, así que lo que estábamos cuidando no era el famoso honor de nuestro santo nombre.

—...que te pidiera que te mantengas apartado. El tiene todo encarrilado, pero una intervención exterior puede hacer un descalabro.

—Disculpáme, papá, pero me han encargado un trabajo y lo voy a hacer.

El coronel seguía jugando con su cigarrillo apagado. Era su costumbre de los últimos años, desde que había dejado de fumar, después del infarto. Cuando sintió basura entre los dedos se dio cuenta de que lo había destrozado. Lo sacudió en un cenicero de bronce que estaba sobre el escritorio y se ajustó el nudo de la corbata. Jáuregui sólo recordaba a su padre en dos atuendos: la malla en Playa Grande y la corbata en cualquier otro lado. Y la corbata solía ser verde oliva, y estar rodeada de un uniforme al tono.

—Matías —prologó con la voz menos castrense y más afectuosa que logró afectar—, por esta vez, por favor, haceme caso. Tengo compromisos con Rafael, lo necesito. Yo te salvé la vida y nunca te pedí nada. Ahora te lo pido.

Jáuregui se revolvió en la silla. La situación se estaba volviendo melodramática, tan deleznable como un mal teleteatro. Y la referencia al '76 resultaba de un mal gusto excesivo.

El 11 de junio de 1976, Angela no fue al bar donde se había citado con Jáuregui para pasar la noche juntos. Jáuregui no se alarmó demasiado; en los últimos meses se había acostumbrado a los horarios imprevisibles de su novia militante. Pero cuando pasó todo el día siguiente sin noticias de ella empezó a preocuparse.

En 1976, Jáuregui tenía veintitrés años y vivía solo en un dos ambientes que alquilaba con lo que sacaba por la venta de sus joyas artesanales. Hacía unos meses que Angela se había ido de la casa de sus padres, y pasaba casi todas las noches en lo de Jáuregui. Sin embargo, aunque tenía llaves, era muy raro que llegara por su cuenta; casi siempre arreglaban para encontrarse en otro lado e ir juntos. Por eso, Jáuregui, aquella noche, no supo si alegrarse o sobresaltarse cuando escuchó la llave en el cerrojo de su departamento. La duda duró poco.

Eran ocho o nueve. Dieron vuelta todo, rompieron la mayor parte, se llevaron el resto y a él, esposado y encapuchado. Le gritaban, le pegaban, lo amenazaban. Jáuregui nunca supo cuánto había durado esa noche. En medio de la tortura le hacían preguntas que no significaban nada y se reían o lo insultaban cuando él les juraba que no tenía nada que ver con nada, que no sabía nada y que lo mataran de una vez. Entonces le decían que era un traidor, que había traicionado a sus padres, a la institución, a la patria. Fueron horas y horas; después, lo dejaron tirado en un rincón, con la capucha, solo. Pasó el tiempo, quizás dos o tres días, o más, o mucho menos; vinieron a buscarlo y lo volvieron a meter en un coche. Hacía frío y anduvieron un largo rato. Cuando frenaron y apagaron el motor en un lugar donde no se oía ningún ruido, Jáuregui pensó que estaba listo; años más tarde, tratando de recordar ese momento, lo asaltaba sobre todo un olor, un olor vulgar, mezcla de sudor, mugre, tapizado de coche, cigarrillo. Entonces uno de ellos le dijo bajáte, pibe, tuviste suerte, parece que sos hijo de un pesado pero la próxima no zafás, lo mejor que podés hacer es irte afuera, pibe, bien lejos, y lo empujaron afuera del coche y arrancaron.

A los pocos días Jáuregui estaba en España. El coronel, entonces, estaba en actividad, con un destino importante en el interior y a punto de ascender a general. Años después, cuando pasó a retiro sin llegar a general, y se dedicó a los negocios, parecía claro que ése había sido el precio, o el costo, del secuestro y la liberación de su hijo. Pero nunca había hablado de eso. Jáuregui tampoco estaba dispuesto a escucharlo. Trató de que su voz sonara tan distante como otro recuerdo:

—Lo lamento, padre. Tus compromisos con López Aldabe son tus compromisos con López Aldabe. Los míos van por otro lado.

El viejo se irguió en la silla como para decir algo más, algo fuerte, definitivo, pero no lo dijo. Jáuregui se levantó y se despidió. Desde la pared, detrás del coronel, un barbudo cuyo cuerpo había olido esa misma mañana lo miraba con desprecio. Le extrañaba un poco tanta insistencia, pero probablemente nada hubiese podido empujarlo tanto a seguir adelante. Si hasta entonces no sabía bien por qué hacía lo que hacía, ya había encontrado una razón.

Salió del escritorio sin darse vuelta. Siempre había sabido que el glorioso coronel, su padre, era un viejo olfa.

Ocho

En el Británico hacía más calor que el día anterior, y que casi todos los demás días. Soriano lo esperaba sentado a la misma mesa, al lado de los baños, tomándose una ferroquina bisleri. Estaba sportivo: se había puesto una chomba bordó de mangas largas que casi no transparentaba la musculosa y una biaba de gomina en el pelo de cerda. Además se había afeitado. Debía ser un arreglo muy estudiado, para las grandes ocasiones; parecía que incluso se había recortado algunos pelos del lunar. Cuando lo vio llegar levantó el vaso de ferroquina.

—¿Qué se cuenta, Ual Disne?

—Usté dirá.

El enano miró el reloj de café la morenita y le dijo que se sentara. Eran las seis menos cinco.

—Con calma, jefe, nos quedan cinco minutos. Al hombre también le gustó su cuento y quiere que se lo cuente en vivo y en directo. A las seis nos pasan a buscar para ir a verlo.

Jáuregui se sentó y pidió una quilmes. En su fuero íntimo, los chorizos aún ofrecían resistencia al demoledor avance de porotos y repollo coaligados. Se juró, como todos los sábados, que exigiría modificaciones en el menú familiar. Miró a su alrededor: tenía la sensación de haberse olvidado de algo. Soriano hablaba de caballos; le estaba ofreciendo una fija que no podía perder el martes en La Plata.

—...lo de Cachalote es seguro, jefe. me lo dijo el lustrabotas del pasaje del Obelisco, que es muy amigo del cuñado del cuidador del caballo, que trabaja en el B, y se van a jugar la vida, jefe, hágame caso que se llena de oro...

Jáuregui, por el momento, se llenó de cerveza. Un hilito blanco y amarillo le corrió por el mentón hasta estacionarse en el cuello de su remera lacoste. Tenía ganas de volcarse el vaso en la cabeza. En vez de eso, se levantó y fue al baño.

El lugar olía como si los rayos consistieran en una sabia mezcla de amoníaco y clorhídrico. Jáuregui casi no picó la cocaína; la trabajó de apuro con dos tarjetas de crédito, la aspiró sin hacer ruido y después lengüeteó los plásticos. Cuando volvió al salón, el enano se estaba bajando de la silla:

—Ahí están, jefe. Y la próxima vez límpiese mejor la nariz.

En la esquina de Garay y Defensa se divisaba un transatlántico sin chimeneas. Estaba estacionado con el motor en marcha y dos tripulantes adentro. Debía ser un impala o un bel air de fines de los cincuenta: tenía tantos cromados como la primera bicicleta del Aga Khan, unas aletas que envidiaría Steven Spielberg y docena y media de diferentes pinturas negras, todas las cuales a la consideración del distinguido público. También tenía una cintita argentina colgando de la antena y dos ocupantes que hacían grandes esfuerzos para impedir que cualquier malintencionado pudiera distinguir al uno del otro. Estaban en su primer cuarto de siglo, aunque la palabra siglo les sobraba por todas partes, casi tanto como los idénticos trajes que portaban. Dos trajes de un color tan oscuro como indefinido, pariente pobre del negro, con brillos en todas las aristas y solapas tan anchas. Corbatas también negroides, finitas y rígidas que incomodaban visiblemente sus cuellos taurinos, en consonancia con dos cuerpos en los que no se había escatimado carne y músculo por ningún costado. Los dos tenían carteritas de cuerina negra, chiquitas y panzonas, en las que quizá no llevaran serpentinas y papel picado. Los dos tenían el pelo rubio y corto sobre caras de torta y el típico aspecto de quien nunca, nunca ni una sola vez en su vida, ha pensado en la posibilidad de estudiar griego clásico para leer a Sócrates en el original.

Por lo cual, Jáuregui pensó en la enorme cantidad de gente que jamás llega a siquiera imaginarse haciendo una enorme cantidad de cosas, es decir: pensó en algo así como lo manifiesto y cerrado de cada destino, mientras subía a la parte de atrás del transatlántico y veía con sorpresa que una mano muy grande impedía que el enano hiciera lo propio.

—Pero… El patrón dijo que…

La mano seguía ahí, y la cara del rubio no invitaba al diálogo. Soriano ensayó un mohín resignado que hubiera hecho furor en la cara de una debutante, y se preocupó por el prójimo.

—No se caliente, jefe. Está en muy buenas manos.

Había, tal vez, cierta disparidad de criterios, pero Jáuregui no tuvo tiempo ni ocasión para discutirla porque el coche ya había arrancado con estrépito wagneriano. Desde la esquina, cada vez más ínfimo, el esperpento hacía adiós con la mano.

Cinco minutos más tarde, a la altura de Caseros y avenida La Plata, Jáuregui consideró llegado el momento de ejercer su reconocido don de gentes. Después de todo, decía que trabajaba como relaciones públicas:

—¿No tienen mucho calor con esos trajes?

Ninguno de los dos movió siquiera un centímetro de sus cabezas de cemento, por no hablar de las bocas. Jáuregui volvió a intentarlo:

—¿Tienen idea de cuánto vamos a tardar?

Sin mejor suerte, Jáuregui decidió aceptar el silencio, pero al cabo de unas cuadras empezó a preguntarse cuánto de su sudor se debía al calor del atardecer. El Titanic seguía su marcha, impasible como el célebre iceberg. Iba atravesando los círculos concéntricos de Buenos Aires; las construcciones ya eran uniformemente bajas y las calles anchas, abiertas, daban la sensación de que estaban allí como podían haber estado en cualquier otra parte, sin necesidad. Cada tanto se veían grupos de hombres y mujeres reunidos en esquinas; algunos llevaban carteles, otros palos y mangueras. A lo lejos se escuchaban sus gritos, sus amenazas. Por las ventanillas abiertas llegó un olor punzante de brea y basura industrial; poco después cruzaron el puente de Pompeya y, al cabo de otros diez minutos de marcha, el portaaviones dobló en una transversal de asfalto acechada por la tierra y el barro en cada bocacalle. La bestia parecía moverse más despacio. Jáuregui pudo leer carteles que prometían comercios invisibles dentro de casitas de paredes blancas con una sola ventana: Rubén y Claudia, coifurs; confecciones Marfer; Plomería, Electrisidad y Changas. Los árboles eran escuálidos, como si se sintieran estafados por algo o por alguien, puestos allí contra su voluntad.

Jáuregui estaba tratando de pensar que era mejor no

pensar en nada cuando el tanque se paró en una esquina. Parecida al resto, lucía sin embargo sobre la ochava un gran cartel de lata, pintado con sobrias letras negras sobre fondo verde: Funeraria Quo Vadis. Además, tenía vidrieras a los lados de la puerta, que mostraban un local casi vacío, con un escritorio de fórmica y un par de sillas. En la vidriera de la izquierda colgaba un cartelito pintado sobre cartón, fileteado: "Se preparan coronas a gusto del usuario".

Los muditos clónicos se bajaron, así que Jáuregui entendió que tenía que imitarlos. Cuando abrieron la puerta de la funeraria sonó un timbre, pero nadie se alarmó por eso. En realidad, nadie parecía haberse alarmado por nada en los últimos tiempos de la funeraria Quo Vadis; si en ese barrio todavía moría alguna gente, era obvio que iban a hacerse velar a otra parte. A la derecha del local, en una pared desnuda pintada de verde desfalleciente, había una puerta con otro letrero, que decía Sala de Velorios. Aparentemente, era voluntad del enterrador en jefe que todo tuviera su rótulo, su explicación en esta vida. La muerte no tiene por qué desordenar nada; es más, suele ordenar bastantes cosas. Los rubios se pararon a cada lado de la puerta y uno de ellos la abrió. Jáuregui entendió que esperaban que entrara.

NUEVE

La Sala de Velorios era muy grande, mucho más que lo que se podía esperar desde afuera, y no tenía ventanas. Resultaba tan acogedora como el baño de cualquier estación de tren, sólo que en lugar de mingitorios había una colección de ataúdes apoyados en posición vertical contra las dos paredes laterales, formando una guardia de honor. Había ataúdes con los más variados ornamentos y colores: había ataúdes negros, ataúdes marrones y hasta un ataúd blanco que parecía de juguete; había algún ataúd con herrajes de bronce y varios ataúdes con herrajes de metal dudoso; había ataúdes con molduras complejas y barrocas y ataúdes apenas más adornados que un hueso de gallina; había ataúdes de esquinas redondeadas y ataúdes de puntas en espolón donoso; había ataúdes para grandes cuerpos, ataúdes para el feliz término medio y ataúdes para minucias tristes o nonatas. Había ataúdes suficientes como para que ningún usuario se sintiera insatisfecho, y si no los había de formas demasiado variadas era porque la industria del ataúd nunca ha sido muy innovadora, pero había un buen par de docenas de ataúdes, y casi todos eran nuevos. Salvo dos o tres, que parecían de segunda mano.

Jáuregui no se decidía a terminar de atravesar la puerta. En medio de la sala, frente a él, se erguía una mesa de roble en la que habrían podido comer quince personas, pero es probable que nadie hubiese comido nunca sobre ella. No por nada. Encima de la mesa, y en un orden indescifrable, se desplegaba el más variopinto muestrario de cruces para ataúdes. Cruces de plástico, de bronce, de madera; cruces de bronce y madera, de madera y plástico, cruces con inri y cruces sin inri, cruces con cristo y cruces sin cristo, con cristo joven y con cristo viejo, con cristo barbudo y con cristo lampiño, con cristo atado y cristo clavado, con cristo doliente y con cristo en los prolegómenos del éxtasis, con cristo mirando hacia abajo, donde los legionarios se jugaban su túnica a los dados, y con cristo con los ojos vueltos hacia el cielo, preguntando a su padre por qué lo había abandonado; había, incluso, cruces de traviesas desparejas, disimétricas, y todas se amontonaban en la mesa de roble como si quisieran probar que hay dioses que son uno porque pueden ser todos.

Pero Jáuregui no prestó la menor atención al crucerío porque detrás de la mesa, contra la pared que le hacía frente, había un gran retrato de Juan Pablo II con el gesto de bendecir y, bajo el retrato, un gran sillón desvencijado, sin patas, apoyado directamente sobre el suelo de baldosas, y en el sillón un hombre inmenso que lo miraba entrecerrando los ojos arrugados:

—Señor Jáuregui, me alegro de verlo bien de salud.

La voz sonaba cavernosa pero educada, como entrenada para hablar desde un ataúd de los más caros, de los de herrajes de bronce.

—En mi posición no siempre tengo ese placer.

Se le notaba un suave acento extranjero, que Jáuregui no pudo identificar por el momento. Tampoco consiguió saber si debía quedarse en su lugar junto a la puerta y dejar que la mesa de las cruces marcara las distancias, o si tenía que acercarse y saludar a su anfitrión con la mayor naturalidad que pudiese simular. Miró a los clónicos pero sus caras no le dieron ningún dato nuevo. Así que decidió tomar la situación en mano y caminó hacia el hombre del sillón. Había silencio y sus pasos resonaron sobre las baldosas blancas y negras. Estaba a la altura de la mitad de la mesa de roble cuando toro sentado volvió a hablar:

—Por favor, no se moleste por mí.

Le patinaban las erres, pero seguramente no era francés. Tenía la cara ancha y los pómulos salientes que suelen identificarse con el este de Europa. Parado, debía medir muy poco menos de dos metros, y cada una de sus manos alcanzaría para tapar una ducha corriente. Pero no parecía muy en forma; tenía los ocho metros cuadrados de piel de un amarillo mórbido y respiraba con alguna dificultad y mucho ruido. Quizá tuviera sesenta, quizá más.

—Puede llamarme Stéfano, señor Jáuregui. Mis padres no me llamaban exactamente así, pero ya se sabe que uno vive para contradecir los designios de sus padres, ¿no le parece?

Jáuregui pensó por cuarta vez en los tres últimos minutos que ya era hora de que dijera algo, pero seguía descolocado:

—Es todo un tema de discusión que me propone.

—No, señor Jáuregui. Yo creo que eso no admite discusión: es así. Yo soy un hombre pobre e ignorante, pero estoy seguro de algunas cosas. Y una es que si hubiera seguido los deseos de mis difuntos padres, que en paz descansen, no estaría acá, hablando con usted. Probablemente no estaría ni siquiera acá, en este país. Así que se lo puedo asegurar. Y ya sería hora de que estos tirifilos de mis hijos siguieran la regla —dijo el inconmensurable, señalando a los clónicos con el mentón. Que se miraron entre sí con una extraña opacidad en los ojos grises—. Pero no puedo hacerle perder más tiempo, señor Jáuregui. Me dijeron que cuenta unos cuentos muy interesantes, por eso lo tenemos hoy acá entre nosotros.

Jáuregui seguía parado junto a la mesa para fiambres. En la sala no había sillas y nadie parecía muy preocupado por su ubicación, salvo quizá los clónicos, apostados a los lados de la puerta como para garantizar la continuidad del diálogo. Que resultaba incómodo: los interlocutores estaban separados por tres o cuatro metros, distancia que obligaba a un tono poco modulable. Jáuregui notaba que su irritación iba in crescendo. Empezaba a ser presa fácil para la clásica pregunta existencial-pobre: "¿Para qué me habré metido en todo esto?". Pero ya estaba metido, aunque no supiera siquiera qué era "todo esto".

—En realidad, no me parece que le pueda contar a usted los cuentos que le conté al pobre Soriano —dijo Jáuregui en voz muy alta—. ¿Por qué no tratamos de hablar claro?

—Nada me gustaría más. Lo escucho, señor Jáuregui.

—La cosa es muy simple —dijo Jáuregui, que no tenía ni idea de cómo era la cosa—. Yo sé que usted puede conectarse con la gente que tiene los cadáveres de la Recoleta. Yo, por mi parte, tengo contactos con las familias. Así que podríamos unir esfuerzos y salir ganando todos.

—¿Y qué le hace pensar que yo conozco a esa gente?

—Señor Stéfano, dijimos que íbamos a ser francos.

El ballenato no pareció muy impresionado por esta declaración ética. En una mesita junto a su sillón sin patas, había un termo y un mate apoyados sobre media docena de revistas *Playboy*. Stéfano se sirvió un mate y lo chupeteó con la delicadeza de una turbina douglas: un hilito verde se le enroscó en la grasa del mentón y avanzó por la papada hacia el cuello de su camisa blanca, cerrada y sin corbata. Pero no habló.

—La policía no va a tardar mucho en averiguar con quién estaba trabajando el Colorado Funes. Así que no tenemos mucho tiempo, no podemos darnos el lujo de perderlo.

Dijo Jáuregui, tratando se ser a la vez ambiguo y convincente. Hubo un destello en los ojitos grises del elefante; Jáuregui pensó que quizás había acertado. Stéfano habló con una voz aún más cavernosa que antes.

—¿Y cómo sé que usted no es de la policía?

—¿Y yo cómo sé que usted no es de la Gestapo?

La mole sufrió una suerte de temblor discreto. Jáuregui imaginó por un momento una historia de guerra, fusilamientos al borde de una fosa colectiva, escapes milagrosos. Nada tenía sentido. Siguió hablando:

—Yo se lo aseguro. Si usted me cree, podemos trabajar juntos. No hay otra. Pero yo se lo aseguro, Stéfano, creamé.

Stéfano se cebó otro mate. El agua que rebasó le causó quemaduras de tercer grado a la teta maquillada y satinada de Edda Bustamante, que soportó sin un quejido:

—Tiene razón. Yo conozco a esa gente, llamémoslos San Pedro. Sé que San Pedro les mandó pedidos de rescate a las familias. Pero las familias no contestaron. Y a San Pedro, de todas formas, no le importa mucho.

—¿Cómo que no le importa mucho?

—No, porque el negocio no... —el cetáceo se interrumpío de golpe, su cabeza se agitó, como borrando la útima frase. La empezó de nuevo—. Es gente que tiene muchos negocios y si las familias no les contestan peor para ellos.

—¿Cuánto les pidieron?

—Cinco mil dólares.

—¿A cada una?

—Imagínese.

—Eso no es nada. A una de ellas yo estoy seguro de que le pueden sacar quince.

Dijo Jáuregui, pensando que si le pedía veinte o veinticinco López Aldabe le iba a pagar como un solo hombre. O en su defecto su señora, como una sola mujer.

Y otra vez el chispazo en los ojitos grises. El mastodonte llevaba un pantalón de franela gris muy oscuro y una bata de lana escocesa, verde, blanca y azul. Tenía los pies descalzos al costado de unas chinelas también escocesas y se los restregaba con fruición y gran esfuerzo. Cada pie debía pesar lo que un cochinillo bien alimentado, aunque probablemente su contenido graso fuera bastante mayor.

—¿Y cuál sería esa familia?

Dijo, con una sonrisita semienterrada entre los pliegues de la cara.

—La familia López Aldabe.

Dijo Jáuregui, tratando de responder a la sonrisa. Que se borró ipso pucho.

—Pero López Aldabe, López Aldabe... —parecía buscar las palabras apropiadas, o una idea montaraz— López Aldabe, San Pedro no tiene ese cadáver, ése no lo tiene —articuló por fin y resopló.

—¿Cómo que no lo tiene? —se sobresaltó Jáuregui.

—No, ése justo no.

Jáuregui apoyó la mano izquierda en la mesa de los fiambres y la sacó de inmediato, porque se había pinchado con un pie de cristo que sobresalía del montón. Mientras se refregaba la mano, trató de pensar cómo seguía la historia.

Quizás el gordo no le estuviera mintiendo: no se le ocurría qué razón podía tener para mentirle. Pero no tenía sentido que "San Pedro" tuviera unos muertos sí y otros no. El gordo le mentía: la cuestión era saber por qué, y desenmascararlo. Quizá ya tuviese arreglado el rescate del fiambre López Aldabe, pese a lo que decía Rafael, y quisiera colocar los otros dos. Quién sabe. Por el momento lo mejor sería seguirle el juego para tener la oportunidad de descubrirlo, de que se pisara y quedara en evidencia:

—Bueno, con los otros dos también se puede arreglar algo. ¿Cuándo dijo que se habían mandado los pedidos de rescate?

—No se lo dije, pero hace más o menos dos semanas.

—¿Y no tuvo ninguna respuesta?

—Ninguna.

—¿Y qué respuesta tenía que tener?

—Cuando estuvieran dispuestos a pagar tenían que sacar un aviso fúnebre de Jacinta Pichimahuida en *La Nación*.

—Y nada.

—Nada. Todavía nada —el diálogo iba amainando, y a Jáuregui se le ocurrió otra cosa.

—¿Y cómo eligió los cadáveres?

—¿Quién?

—Eso mismo, ¿quién?

—San Pedro.

Jáuregui sonrió. Pero el gran buda lo miraba muy serio.

—¿Cómo eligió San Pedro los cadáveres?

—Eso pregúnteselo a él

Estaba bien claro que por esa vía tenía tantas posibilidades de obtener información como de que el gordo le propusiera matrimonio, y Jáuregui era un acérrimo e irreflexivo defensor del celibato. Trató de pensar algo, muy concentrado en el tercer pliegue de la papada del cetáceo, y en eso estaba cuando se dio cuenta de que estaba manoseando al desgaire un cristo casi desnudo y clavado con cola a una cruz de plástico. Pero eso tampoco lo ayudó. Jáuregui empezaba a cansarse de este juego cortesano, del funesto boato de este rey de los hipopótamos que intentaba simular usos y maneras que no le correspondían, mezcla de padrino y arzobispo —si es que se podía definir una diferencia entre ambos— salpimentada con baba verde.

—Si vamos a colaborar tenemos que hablar francamente.

—¿Usted acaso no lo ha hecho?

Jáuregui resopló y miró hacia el fondo, hacia la puerta. Los clónicos seguían firmes en sus puestos, sin palabras, vigilando que la puerta no decidiera escapar a Miami. Junto a las paredes, los ataúdes tampoco habían abandonado su misión.

—Aclaremos los tantos: yo me encargo de negociar la guita con las familias y usted consigue los muertos y se los entregamos. Yo calculo que puedo sacarles entre diez y quince mil dólares a cada uno. Son gente de guita —dijo Jáuregui, que no tenía ni la menor idea sobre el estado financiero de las familias Rochefort y Riglos-Calvetti—. Si sacamos quince, cinco van para mí y diez para usted...

—Para San Pedro.

—Para San Pedro y usted, que es el intermediario. Pero me interesaría que tanteara la posibilidad de conseguir el de López Aldabe. Ese lo tengo colocado seguro...

—¿López Aldabe? No, ya le dije que ése es de la competencia.

—¿Cómo?

—Que ése se lo llevó la competencia. San Pedro no lo tiene.

Por alguna razón arcana, a Jáuregui le costaba cada vez más creer en San Pedro. Pero ése era un detalle teológico sin importancia. Si el gordo quería disfrazarse de supremo portero, allá él. Jáuregui volvió a resoplar y miró al cristo a los ojos, ojos que le recomendaron paciencia y tenacidad. Al menos, trataría de abrochar este negocio. Ya habría oportunidad de averiguar el resto:

—Bueno, entonces estamos de acuerdo en esto que le digo.

—Como usted quiera.

El rebosante parecía tan entusiasmado como una babosa en un concierto de Stockhausen. Pero, probablemente, ése fuera su estilo: mucho control, mucho disimulo. Con lentitud casi majestuosa sacó de abajo del termo la *Playboy* con mate y la abrió de par en par ante sus ojos. Su cara se vio súbitamente reemplazada por las tetas ahora arrugadas de la Bustamante. El culo, en cambio, seguía liso. Jáuregui comprendió sin mayor esfuerzo que la entrevista no duraría mucho más.

—Un momento. ¿Cómo hago para comunicarme con usted?

—Canales habituales —contestó el culo de la Bustamante—. Usted habla con Soriano y él me lo hace saber.

Decididamente el interminable ya no era de este mundo. Jáuregui sacó del bolsillo de detrás del pantalón una tarjeta que decía Matías Jáuregui relaciones públicas 802-9272, y la colocó detrás de la cabeza de cristo, entre las espinas y el madero de plástico.

—Cualquier cosa, acá está mi teléfono. Tengo contestador.

La ballena pasó la página. Sobre las chinelas de paño escocés, sus pies portentosos se refregaban sin ruidos, con vehemencia.

Diez

—¿Y, se está ganando bien en la cana?

—¿Qué?

Instalado de vuelta en el asiento trasero del paquebote negro, Jáuregui se había preparado para una travesía meditabunda y silenciosa. Pero estaba escrito que esa tarde nada sería según sus previsiones. Tres minutos después de salir, el clónico del volante ya había demostrado que su mudez era optativa:

—¿No me oíste? Te digo si están ganando bien en la cana.

—¿Qué decís?

Jáuregui se dio cuenta de que su respuesta había sonado en falsete, un gallo casi adolescente, pero le pareció que no era el momento de reafirmar su aplomo sino de salvar el gañote. Lo habían estado gozando: creyeron que era un policía, lo habían tanteado y ahora se acababa la joda. Por un segundo, Jáuregui pensó que era una lástima, una estupidez morir a manos de dos aprendices musculosos y un poco tontos y se supuso dispuesto a hacer cualquier cosa para salvarse. La cuestión era saber qué podía conmoverlos. Jáuregui no tenía ni idea.

—Sí, no te hagás el boludo, con nosotros no te hagás el boludo. Te pregunto si siguen levantando buena mosca.

Jáuregui intentó un tono mesurado, que imaginó profesoral pero sonaba a caudillo de comité respondiendo a una insolencia periodística:

—Estás absolutamente equivocado, totalmente confundido. Yo no tengo ni he tenido nunca nada que ver con la policía, ni ahora ni en ningún otro momento...

—Me parece que me estás tomando por gil —interrumpió el rubio, y su tono dejó flotando una amenaza de sutileza tan florentina como el dulce de leche.

—Te digo que te equivocás, que jamás he estado en la policía —reafirmó Jáuregui, sin convencer a nadie.

Si esto seguía así cinco minutos más, él mismo empezaría a dudar de su pertenencia a las gloriosas filas azuladas. Pero no se trataba de eso: si la cosa seguía así dos minutos más, ya no podría dudar ni afirmar nada. Los clónicos volvieron al silencio; el acompañante tanteó con la mano la carterita gordinflona. Jáuregui calculó la posibilidad de éxito si se le tiraba del cuello; el catch-as-catch-can nunca había sido su fuerte, pero la propensión al martirio tampoco. Pensó en ofrecerles pruebas, contarles su historia.

—Miren, muchachos —su tono había variado de medio a medio. Ahora sonaba, si acaso como un profesor de bachillerato nocturno que ya no sabe qué hacer para que las bestias lo escuchen hablar de la orografía del Africa. Y se deslizaba hacia la súplica. Repitió—: Miren, muchachos, tienen que creerme, yo les voy a contar mi historia y se van a dar cuenta...

La voz le temblaba. Inesperadamente, Jáuregui recordó que ya había tenido esa sensación. Fue una noche, trece años antes, también encerrado en un coche sin salida. Pero aquella vez era un falcon y él estaba tirado en el suelo, bajo el asiento de atrás, con botas sucias y armas limpias sobre los riñones y dos voces oscuras que se regocijaban por anticipado:

—¿Te parece que va a aguantar mucho?

—Qué va a aguantar, éste, en diez minutos, canta hasta la marcha de San Lorenzo.

—¿Y entonces qué gracia tiene?

—Bueno, con un poco de suerte se le da por hacerse el machito.

—...no seas boludo, qué vas a contar. Sos cana y sos cana, no te calentés. A mí no me vas a engañar, yo los conozco al pelo. Nosotros laburamos bastante con la cana...

Jáuregui echó la cabeza hacia atrás, sobre el respaldo, y trató de respirar sin hacer ruido. El panqueque estaba en el aire, pero todavía podía caer de canto.

—...con algunos canas piolas tenemos negocios, buenos, no te vayás a creer. En lo nuestro si no tenés algún amigo adentro es muy difícil progresar.

El otro seguía callado, pero el clónico del volante parecía dispuesto ahora a gastar todas las palabras que había ahorrado a la ida. Hablaba a borbotones, como quien no consigue dar con el ritmo preciso. Jáuregui pensó que por el momento le convenía escuchar, enterarse por dónde iban los tiros, no meter la pata demasiado hondo.

—Aunque al viejo no le guste. Es de la vieja guardia, el viejo, cree que los canas son canas y la gente, gente. Que no hay que mezclar. Vos lo curraste bien, ni pensó que eras botón, si no no te dejaba llegar ni a la General Paz. La verdad que lo curraste bien... Se está haciendo viejo, el pobre viejo.

El clónico se rascó la cabeza y la mano le fue cayendo hacia la colita. Se quedó allí un momento, enroscando y desenroscando, hasta que tuvo que pasar de urgencia a la palanca de cambios para meter punto muerto. Estaban parados frente a un semáforo. El sol caía detrás de casas bajas, todas muy parecidas. Ni siquiera el rojo flamígero conseguía darle a la escenografía un tinte grandioso. Buenos Aires era una ciudad sin ópera posible.

—Quisiera hacerles una pregunta.

—¿Es tu laburo, no?

Jáuregui decidió que por ahora no tenía ninguna buena razón para seguir negando su supuesta investidura policial. Quizá con éstos me pueda beneficiar y además, pensó, lo que estoy haciendo tiene algo de cana, al fin y al cabo. Tal vez esa súbita cordialidad que parecía despertar su condición de policía le sirviera para enterarse de un par de cosas. Pero tenía que ser prudente. Las carteritas panzonas seguían muy presentes en su cabeza.

—La funeraria no parece tener mucho trabajo.

—¿Por qué lo decís?

—Porque no parece.

—Si vamos a laburar juntos, voy serte franco: la verdad que no. Ya ni sé cuánto hace que no enterramos a nadie. Pero no te preocupés por nosotros: tenemos algún otro yeite. Y la funeraria es un lugar tranquilo para tener la oficina.

—¿Qué yeites?

—Otros.

—¿Como el retiro de fiambres a domicilio?

—Mientras paguen...

—Pero todavía no consiguieron que les paguen.

—¿Quién te dijo?

Jáuregui se calló un momento, trató de entender. Si el clónico estaba diciendo que ya les habían pagado, ¿él qué pitos tocaba en todo esto? La cuestión estaba tan clara como el pasado de Emilio Yáñez de Gomara.

—O sea que ya les pagaron.

—¿Quién te dijo?

—Vos me lo estás diciendo.

—Yo no te estoy diciendo nada. Con vos tenemos un arreglo: que vos consigas guita por los fiambres. Y hasta ahí.

—¿Por los tres fiambres?

—Y dale.

La voz del volante sonaba cada vez menos amistosa. El clónico de al lado había dado vuelta la cabeza y le miraba muy fijamente la nuez, que Jáuregui no conseguía tener quieta. Quizás el mudo persistente tuviera vocación de ardilla. Para desmentir cualquier sospecha habló. Los regalos más inesperados son los más gratos:

—¿Adónde bajás?

—Si pueden, déjenme en el Británico.

Estaba cayendo la noche, pero el calor no se daba por aludido.

—Te podemos acercar hasta tu casa, o a la taquería.

—El Británico está muy bien.

—¿Tenés miedo de que te junemos de dónde sos?

Jáuregui se esforzó por soltar una carcajada, que sonó como el gemido de una polilla en celo:

—¿Por qué iba a tener miedo? Al fin y al cabo somos socios, ¿no?

Once

Seguía siendo sábado y debían ser más de las nueve, o sea: en cualquier momento empezaría a ser sábado a la noche. Jáuregui odiaba los sábados a la noche con un ardor digno de causas más señeras. Oficinistas calvos que estudiaban inglés para progresar en sus empleos, estudiantes aplicados con notas menos que mediocres, jugadores de vóleibol con menú de cinco mil calorías y mucho jugo de frutas, contadores públicos tramposos pero aterrados de cometer estafas verdaderas y secretarias en uso de maridos ocupaban esa noche la ciudad; la hacían intolerable: la convertían en un desierto lleno de mosquitos. Hacía muchos años que Jáuregui había decidido que el sábado a la noche sería una trinchera, un último reducto que debía defender con uñas y alicates. Y lo hacía. Pero también hacía un par de años que sábado a la noche significaba Claudia.

Claudia se presentaba todos los sábados a la noche, porque era sábado a la noche, y ese desembarco formaba parte de sus escasos derechos adquiridos. Solía llevar un buen vino y material cocinable, algún video y un papel de cocaína. En realidad, cada sábado llevaba algo más, como para hacerse aceptar, o perdonar algún error más o menos imaginario, quizás el obvio error de seguir compareciendo pese a todo.

Claudia era fundamentalmente psicóloga. Tenía un hijo en edad escolar, un consultorio medianamente concurrido, un par de grupos de estudio y muchos rulos negros. Tenía un coche chico, dos ex maridos, tres gatos y la lenta decadencia de un estilo de mujer porteña: durante años supo que su cuerpo, o más precisamente los vacíos creados por el volumen de su cuerpo, podía servir como palanca eficaz para mover las voluntades necesarias y no se privó de usarlo con premeditación y sin alevosía. Ahora, alrededor de los cuarenta, empezaba a rodear su cuerpo cada vez más lleno con objetos, palabras, servicios, complementos variados y no siempre eficaces. Todo parecía indicar que seguía añorando el viejo modelo piel de durazno, el fruto reventón que había precedido a esta fruta que maduraba demasiado rápido, pero sus esfuerzos de adaptación no dejaban de ser meritorios.

Hacía tiempo que mantenía con Jáuregui un pacto basado en el desapego, la distancia y los desaires y que, quizá por eso, se mantenía con una regularidad inusitada. No tenía puntos fijos ni compromisos claros; muchas veces pasaba la semana sin que se vieran o llamaran. Pero cada sábado a la noche, con la misma capacidad de sorpresa que un reloj cucú, la psicóloga, tras haber depositado al crío en casa de su padre, se presentaba en lo de Jáuregui. Que, por su parte, casi siempre estaba allí.

Esa noche, como casi todos los sábados a la noche, Jáuregui pensó que tenía tantas ganas de recibirla como de enrolarse voluntario para purificar el riachuelo por el método Carman. Como casi todos los sábados, jugueteó un rato con la posibilidad de irse a algún lado para evitarla y, como casi todos, supo desde el principio que no lo haría. Así que puso la radio a todo volumen y abrió la ducha. Se bañó sin ganas con fondo de Bob Marley hablando de llantos y mujeres, no se afeitó para marcar su rebeldía y se vistió con un short blanco y una musculosa bordó. Estaba muy quemado y pasablemente flaco. La cocaína tenía sus ventajas. Se sirvió un whisky con hielo y se sentó a la mesa, frente a los soldaditos.

El libro abierto mostraba el dibujo de un centurión romano con un extraño turbante pardo en la cabeza. Era, decía el libro, un oficial de la guarnición imperial en Palestina siglo I después de Cristo, que usaba ese trapo inusitado para protegerse del sol del desierto. "Así eran los oficiales que condujeron el ejército de Roma en una de sus grandes batallas menores: la toma de Massada. Massada es un peñón de quinientos metros de altura que se eleva sobre el desierto de Neguev, a pocos kilómetros del mar Muerto. Allí se refugiaron los últimos, los más desesperados defensores de Israel tras la destrucción de Jerusalem, en el año setenta. La roca estaba perfectamente fortificada y era imposible tomarla por asalto. Roma podría haber hecho caso omiso de la fortaleza: sus ocupantes no entrañaban ningún peligro real, y el resto del territorio estaba bajo total control de las legiones. Pero el Imperio no podía permitir el mal ejemplo. La Décima Legión se instaló alrededor de la roca y construyó una muralla de varios kilómetros de largo, que la rodeaba por entero. El sitio duró tres años; finalmente, la legión terminó de construir rampas y caminos que le permitirían tomar el peñón. Poco antes del asalto final, los ocupantes de Massada se suicidaron en masa. Se suele presentar este hecho como una muestra del heroísmo del pueblo judío; también es posible pensarlo como la demostración de la potencia de un aparato militar que, para sacar de su engranaje un granito de arena, utilizó durante tres años a algunas de sus mejores unidades."

Jáuregui empezó a pintar el turbante. No hay nada más aterrador, pensó, que una guerra desapasionada, rutinaria, burocrática. O quizá sí.

Claudia tocó el timbre poco antes de las diez. Cuando abrazó al dueño de casa, su olor era una mezcla muy exacta de opium y transpiración. Jáuregui estaba convencido de que Claudia Sahid sabía perfumarse de forma tal que el aroma del frasco no acabase con el de su cuerpo; más bien los dejaba en una paridad que permitía la lucha, los continuos contrastes. Aquella noche, sin embargo, parecía que el sudor podía ganarle al opium: el calor era infame. Claudia llegaba agitada, cargada con varios paquetes. Jáuregui cerró la puerta, la besó descuidadamente en los labios, y la llevó hacia la cocina. En la radio sonaba un ritmo eléctrico con poca melodía.

Ella había empezado a hablar nada más abrirse la puerta. Le estaba contando sus planes para unas vacaciones en Florianópolis, en febrero. Había averiguado precios, había conseguido un bungalow "precioso, en la playa, vi las fotos", y se excedía como siempre en los adjetivos para calificar la excelencia dudosa de "un par de semanas fantásticas, puro sol y mariscos y maconha y caipirinha". Era evidente que Jáuregui tenía que hacer una pregunta. Toda la perorata buscaba esa pregunta, pero Jáuregui la eludía o difería el momento de decir "¿Y pensás ir sola?", para que ella le dijera poco más o menos "Y, por ahora no sé, qué te parece si fuéramos juntos". Pero Jáuregui había decidido que no iba a hacer la pregunta, no tenía ganas de facilitarle nada mientras ponían en tres o cuatro platos fiambres y ensaladas de rotisería y descorchaban una botella de blanco salteño.

—Qué bueno. ¿Y cuánto tiempo pensás estar?

—Depende...

—Ah.

Jáuregui llevó un par de platos a la mesa del living, corrió el centurión con el turbante fresco y la pintura, y se sentó. Ella llegó con el resto del menaje y se sentó también. Jáuregui agarró una loncha de jamón como si fuera el cadáver de una mosca enemiga y lo masticó sin entusiasmo; antes de tragar le preguntó:

—¿No tenés nada?

Claudia Sahid le sonrió con alguna de las formas de la ternura y se levantó para ir a buscar su cartera. Tenía un pantalón blanco de tela muy liviana que traslucía el negro de una bombacha ajustada a carnes en equilibrio inestable, y una remera negra sin mangas que organizaba el vaivén de dos tetas ampulosas que todavía no habían caído en desgracia. Jáuregui pensó que no sería tan difícil encontrarla apetitosa, que probablemente en un rato la deseara y hasta pensara en irse de vacaciones con ella. Como siempre. Y que después se arrepintiera, como siempre.

La psicóloga volvió con un papelito plateado y lo dejó sobre la mesa, al lado de Jáuregui. Que sacó de un plato el matambre cortado de máquina, lo limpió con una servilleta de papel, abrió el raviol y lo volteó en el plato. Con un cuchillo separó un montoncito de polvo banco, lo picó y extendió dos rayas rectas como otra conciencia. En la mesa había un caparazón de bic sin birome; Jáuregui se lo ofreció a Sahid, junto con el platito. Pero ella tenía la boca y los labios llenos de ensalada rusa y le dijo que no con la mano abierta. Jáuregui se sonó la nariz, se frotó los ojos y aspiró las dos rayas, con un ruido de sifón en sus últimas gotas.

—¿Y no te parece que podés meterte en un lío?

Había pasado un rato y la cocaína había dado un cariz risueño y parlanchín al humor de Jáuregui. Que dedicó ese rato y ese humor a contarle a la psi sus aventuras recientes. Cómo había sorprendido esa conversación en el baño de Palladium. Cómo había atado cabos y relacionado esas palabras inconexas con los fiambres inquietos de la Recoleta. Cómo López Aldabe se había negado a utilizar sus servicios y su mujer, en cambio, se había mostrado muy dispuesta a hacerlo. Cómo su padre había intentado una vez más interponerse en su camino, sin lograrlo. Cómo había conocido al esperpento y a través de él a los funebreros del sur. Cómo había obtenido una representación comercial que no le servía para nada y cómo había llegado, por fin, a un punto en el que no sabía cuál debería ser el siguiente paso. Fue entonces cuando Sahid hizo la peor pregunta que podía haber hecho:

—¿Y no te parece que podés meterte en un lío?

Jáuregui trató de no mirarla para no verse obligado a enrostrarle esa cara de otra vez sopa que le asomaba por los ojos. En la radio, García chillaba un estribillo sobre la locura y en el platillo la provisión de clorhidrato ya se había puesto a tono con las reservas fiscales de la patria. Jáuregui estaba en ese punto de dureza muscular en que sabía que con un saque más no podría coger ni el autobús, y le pareció que esa pregunta se merecía ese saque. Se lo preparó con una sonrisa casi amorosa mirando de tanto en tanto a la freudiana, que seguía con sus preocupaciones maternoterapéuticas:

—...porque es como que no te queda muy claro cuál es tu rol en todo este balurdo, ¿no? Me preocupa, sabés. ¿No se te ocurrió pensar por qué razón te quedaste tan enganchado con la noticia del robo de los cadáveres? ¿Qué parte tuya entra en juego en esto de los cuerpos insepultos, digamos, por ejemplo? Y además me da la impresión de que tenés una serie de puntos muy oscuros, para nada resueltos...

Jáuregui se incrustó el caparazón de bic en la narina izquierda y aspiró como un buzo que se lanza a batir el record sanjuanino de inmersión en agua tibia. Después se echó hacia atrás en la silla y estiró los brazos hacia arriba, con las palmas de las manos bien abiertas.

—...por eso creo que Ferrucci podría ayudarte a desentrañar...

—¿Quién?

—Ferrucci. No me digas que nunca te hablé de Ferrucci.

—Si lo hisciste, yo no supe escucharte, cara mía. ¿En qué me va a ayudar este Ferrucci?

—Alberto Ferrucci es uno de los tipos más capaces que conozco. Es licenciado en letras, filosofía y psicología. Leyó a Marx, a los epicureístas y el tao como casi nadie en la Argentina...

—¿Y eso qué carajo tiene que ver con todo esto?

—Yo no te lo puedo explicar, me entendés. Pero andá a verlo y ya te vas a dar cuenta. Lo podés encontrar en La Academia casi en cualquier momento.

Mientras agregaba datos antropométricos que facilitaran la identificación, Claudia Sahid inició un avance exploratorio. Ferrucci era casi pelado salvo unos pocos pelos muy largos que le colgaban de las sienes, y su mano se posaba en la rodilla de Jáuregui. Ferrucci solía llevar una camisa lavilisto celeste cuya higiene desmentía su nombre, y su mano avanzaba por el muslo bronceado. Ferrucci tenía los labios gruesos y una cara siempre mal afeitada, y su boca se acercaba al cuello de Jáuregui. Ferrucci repartía su peso en dos mitades, una mitad para el cuerpo flaco y la otra para la tripa poderosa, y su lengua relamía el citado cuello en dirección al pabellón auricular, Ferrucci tenía las uñas largas como un mandarín de Hollywood y sucias como un minero boliviano, y su lengua avanzaba audaz en busca de la trompa de Eustaquio o, en su defecto, el nacarado tímpano. Y era entonces cuando Jáuregui se desembarazaba del relato y del abrazo, juntaba un par de platos para justificar su viaje hacia la cocina y, desde la mitad del trayecto, casi gritaba:

—Estoy duro como una piedra, ya sabés. Yo no te lo puedo explicar. Pero sé que vos me vas a entender.

Doce

Atardecer de domingo, Jáuregui con lagañas caminaba por Callao hacia Corrientes con un helado en la mano que se iba derritiendo y cambiando de formas como el paisaje humano. Bruscas modificaciones: de los chicos tostados y deportivos de Juncal a los matrimonios tostados y opulentos saliendo de la vermut en Santa Fe a la tierra de nadie semidesértica de Córdoba a la mezcla en zapatillas de Corrientes, con alguna familia con suegra y algún solitario de pensión que tampoco esa tarde había ganado el prode. Buenos Aires es una ciudad que se puede atravesar velozmente en vertical, cuyas aguas más que mezclarse corren en estrechas paralelas. Como una cárcel en que los pisos dividen las condenas: estafadores de alto vuelo, criminales del honor, asaltantes con código, ladrones de gallinas, descuidistas, violetas.

Ganó Boca. *Crónica* reproducía otra vez el título más publicado de su arsenal y en el horizonte casi no se veían columnas de humo. Probablemente había sido un día tranquilo. Jáuregui entró en La Academia como quien se interna en el Mato Grosso, pisando huevos. Las grandes aspas de los molinos del techo giraban sin énfasis, convencidas de su impotencia. Desde el fondo llegaban sordos ruidos de bolas en perpetuo accidente sobre las mesas de billar. En el salón delantero, cuatro o cinco parroquianos solos parecían acompañar el ritmo de las aspas. En un rincón, la pareja morocha con las manos mezcladas.

Si la psicóloga tenía alguna habilidad para las descripciones, Ferrucci debía ser un fulano que leía sentado en una mesa contra la pared de la derecha. Si la psicóloga tenía alguna fidelidad para los relatos, Ferrucci debía ser además un fulano entregado a una vida de lectura y contemplación, olvidado de cualquier pretensión productiva, medianamente alcohólico, forzadamente calmo. Una especie de Buda made in Taiwan con ligeras fallas en la panza de plástico. Un fulano —siempre según la psicóloga, que alguna vez lo había tomado por maestro de alguna filosofía— a quien no le molestaba en absoluto no haber producido un peso en los últimos diez años, ni que su mujer lo mantuviera; a quien le habría molestado, por el contrario, que ella pensara que tal cosa le daba algún derecho. "O lo hace desinteresadamente y no puede por tanto pedir nada, o lo hace por interés y entonces cualquier castigo es justo", parecía haber declarado alguna noche el seudobuda, desde su invariable cátedra de La Academia.

Jáuregui se acercó a la mesa de marras. A su alrededor, el suelo estaba tapizado de papeles dorados de cremitas lheritier y el hombre masticaba a dos carrillos. Era incómodo mirarlo desde arriba, pero desde allí le preguntó si estaba hablando con Alberto Ferrucci.

—Hablar, lo que se dice hablar... —contestó el sentado, tras limpiarse las comisuras de la boca con una servilleta de papel.

—Justamente, quería hablar con vos, Claudia me lo recomendó. Claudia Sahid.

El sentado miró alternativamente a Jáuregui y a la ventana que daba sobre Callao. Quizás estuviera evaluando la posibilidad de soltar la cita de Diógenes Laercio en su encuentro con Alejandro Magno, que

Jáuregui no tendría mayores chances de entender. Y no dijo nada.

—Estoy en un lío, y Claudia me aseguró que vos podrías ayudarme.

—Hable, si tiene ganas. No se prive.

Jáuregui se sentía pesadamente confuso. La escena le resultaba insostenible: se suponía que estaba por contarle su historia y sus dudas a un señor pelado y desdeñoso que ni siquiera le hablaba, ni siquiera lo miraba. Pero a eso había ido. Para ganar tiempo, se sentó y llamó al mozo.

—Dos cafés, por favor.

—Yo preferiría un whisky sin hielo. Old smuggler.

—Un café y un smuggler sin hielo.

Jáuregui supo que el otro había perdido algo al pedirle el whisky: se había rebajado, había abandonado la postura del oráculo impasible, pero supo también que él no había ganado nada a cambio. Necesitaba un oráculo, no un manguero de café porteño. Y decidió que Ferrucci podría ser ese oráculo:

—¿Me vas a ayudar?

—Hable, le digo, no se prive. Y, sobre todo, escúchese.

Ferrucci se preparó para una larga escucha, es decir: se echó hacia atrás en su silla y desvió la mirada hacia un par de encarnizados jugadores de generala, cuyos dados se negaban a respetar los estrechos límites de la mesa y rodaban alegres por el suelo. Jáuregui titubeó, buscando un comienzo.

—Cómo decirte. Yo en realidad no tengo nada que ver con este asunto, y vaya a saber por qué me metí, seguramente por aburrimiento y por guita, pero no sé las proporciones. Bueno, la cosa es que un tipo se robó tres fiambres elegantes de la Recoleta y yo de casualidad escuché una información sobre quién podía ser. Yo conocía a la familia de uno de los fiambres porque había tenido negocios con mi viejo, así que lo fui a ver para ofrecerle ayuda para recuperarlo. Pero el tipo se niega, no quiere saber nada. Después viene la mujer y me, digamos, contrata. En el medio mi padre interviene para pedirme que no me meta. Yo no le doy bola y finalmente consigo en encontrarme con el que se afanó los fiambres; el tipo dice que no fue él sino un amigo suyo, pero yo creo que es él, y además da lo mismo.

—¿Lo mismo?

—Sí, da más o menos lo mismo, por lo menos por ahora. Entonces me entero de que todavía no consiguieron un mango por los muertos y le ofrezco conseguir buena guita. El tipo acepta, pero no parece muy entusiasmado y hace como que la cuestión no le importa mucho. Además...

—¿Qué parece?

—¿Quién?

—El que usted llamó el tipo.

—Ah. No sé. Parece como si la guita que se puede conseguir no le importara, como si lo hubiera hecho por otras razones, como si lo hubiera hecho por deporte. Pero un tipo así no puede tener otras razones: tiene que haber sido por guita, no sé. Además, decía, insiste en que no tiene el cadáver que a mí me interesa, y tuve que decirle que le iba a conseguir guita por los otros dos a ver si mientras tanto me entero de por qué dice que no lo tiene. Que no lo tiene él o su supuesto amigo, digo, porque está claro que los tres robos los hicieron los mismos.

—Eso está claro.

—Sí, claro. Bueno, está claro, me parece, los tres robos de la misma manera, el mismo tipo de fiambres, el mismo laburo, tienen que haber sido los mismos, ¿no?

—Usted ya lo dijo.

—Claro, pero te preguntaba qué te parecía a vos. Bueno, en todo caso la cosa es que ahora para ganarme la confianza del funebrero tendría que conseguirle guita de alguno de los otros dos y no sé si eso me interesa. Aunque podría hacer una buena diferencia, seguro. Pero la verdad que empiezo a cansarme de todo esto, no tiene nada que ver conmigo. ¿A vos qué te parece, qué tendría qué hacer?

Jáuregui se tomó el café de un trago porque ya estaba frío. Después miró al buda plástico, que parecía seguir con particular atención el gateo de uno de los jugadores de generala deslizándose bajo una mesa ajena para recuperar un dado que había caído en seis. En esos casos siempre hay discusiones, pensó Jáuregui, sobre si el seis vale o hay que tirar de nuevo. A menos que los tipos hayan jugado mucho juntos y ya tengan una regla al respecto. Todo se facilita mucho cuando hay reglas, pensó. El taiwanés seguía impasible, fumando la paz negros sin filtro con los dedos amarillo terroso. El silencio duró minutos. Jáuregui estaba por decir algo para urgir a su oráculo de cotillón cuando Ferrucci habló, con voz de palinodia:

—No es ateo el que desprecia los dioses del vulgo, sino quien abraza las ideas del vulgo acerca de los dioses. Lo dijo Epicuro y lo cita Marx en su tesis doctoral, Jena, 1841. Usted debería cuidar un poco más su ateísmo, señor...

—Jáuregui.

—...señor Jáuregui. Por lo que parece, ha tropezado usted con tres piedras. ¿Por qué tres? ¿Por qué esas tres?

Jáuregui frunció el entrecejo, como si hubiera en alguna parte una imagen que tuviese que enfocar mejor:

—No te entiendo. ¿Qué querés decir?

—Nada que no haya dicho, por supuesto. Nada que no haya dicho.

Dicho lo cual, el paragurú se levantó de la silla.

—Ahora, si me disculpa...

Dijo, y emprendió la larga marcha hacia los baños, treinta metros más allá, bien al fondo, detrás de las dos o tres docenas de mesas donde las bolas de billar seguían chocándose como si la entropía fuera un mito babilonio.

Trece

Hacía muchos años que Jáuregui conocía a Carlos Zelkin. Tantos años que, aunque nunca se habían querido, a fuerza de detestarse largamente ya casi podían considerarse amigos.

Se habían conocido en el 77 o el 78, en Sitges, cuando los dos rapiñaban duramente la berenjena del exilio. Sitges era un pueblo pequeño y pesquero, turístico en temporada, bucólico en invierno, a media hora del centro de Barcelona. En aquellos días, Sitges escondía bajo su dulce fachada de casas sin ínfulas e iglesias mediterráneas las tempestades que le habían valido el mote de capital gay de Europa y, por diversas razones, muchos argentinos empezaban a adoptarlo como puerto. Allí vivía Jáuregui, en un departamento que compartía con un amante local y que servía también de taller para las joyas de latón que fabricaban y de depósito para el haschich cortado con henna que eventualmente vendían. Allí vivía Zelkin, en una casita alejada del centro con su mujer ante la ley, argentina ella y madre, traduciendo librejos sobre la cría del setter irlandés o la caza de fantasmas en Transilvania mientras amenazaba a quien se le cruzase con la gran novela del exilio que, invariablemente a lo largo de los años, siempre estaba lista para la corrección defintiva.

Jáuregui detestaba los aires de mandarín extraviado que solía darse Zelkin ante los compatriotas que estaba inmortalizando; Zelkin, que en Buenos Aires había sido un periodista comprometido, se sentía menos cómodo de lo que podía confesarse ante la evidencia de que un exiliado podía ser, también, un traficante o un trolebús. Aun así, y dado lo exiguo del hábitat y las normas del buen compatrioterismo, solían intercambiar vaguedades cuando se cruzaban en alguna playa, en algún bar. Una de las ventajas del destierro es que allí cualquier argentino es ante todo un compatriota, y algún extraviado puede llegar a pensar la Argentina como un lugar maravilloso donde todos lo son, ilusión que se disipa pronto tras el retorno: allí donde todos son compatriotas, serlo no significa absolutamente nada.

Entonces lo que crea vínculos es haber compartido el destierro. Ya retornados, Jáuregui y Zelkin habían celebrado cada uno de sus escasos encuentros casuales con abrazos y recuerdos falsos, o endulzados. Zelkin, que no había publicado aún su célebre novela, había parido en cambio otras dos crías, se había separado de su señora que para ese entonces ya tenía demasiados hijos y había vuelto al periodismo en el rubro policiales, "porque ahí es donde mejor podés bucear la realidad social y escribir buenos relatos, viste". En el último año había trabajado en *Página/12*. Jáuregui lo había llamado esa mañana porque pensó que podía pasarle alguna información:

—Carlos, que decís, tanto tiempo.

—Matías, qué gusto verte.

Una de las ventajas del verano es que, al imponer una necesaria exigüidad indumentaria, permite disimular mejor los efectos visibles de los reveses de fortuna. Sin embargo, Zelkin, con un vaquero viejo y una remera gastada que sonaban demasiado casuales para sus cuarenta y tantos años, no quería o ya no podía aprovechar esa franquicia. Tenía, pese a ser lunes, una barba de varios días que raspó la mejilla de Jáuregui cuando se abrazaron en la esquina de Corrientes y Maipú.

—¿Vamos a comer algo?

—No, mejor tomamos una cerveza. Con este calor yo no suelo comer a mediodía.

—Dale, no jodas. Te invito a una pizza en Las Cuartetas.

Dijo Jáuregui, inmediatamente sorprendido ante su imprevisto rapto de generosidad.

No estaba para tales munificiencias, pero el gusto de tratar con condescendencia al mandarín bien valía una grande de muzzarella y un par de tres cuartos. El salón interior de Las Cuartetas, una vez superadas las mesas de adelante, las mesas altas donde los oficinistas comían parados como si fuera su tiempo el que valía oro, era un horno sereno y persistente. Durante un rato, la recorrida de los recuerdos habituales fue un viaje sin riesgos. Después, con la grande, entraron en tema y Jáuregui empezó a contar su historia. Aparentemente, su nueva ocupación consistía en eso: contar una y otra vez una historia que no terminaba de significar nada. Quizás ése fuera el sentido de toda la mascarada: la satisfacción de tener algo que contar.

Zelkin lo escuchaba como si todavía tuviera algo de qué jactarse:

—Así que te dio por jugar al detective.

—No jodas, Carlos. No sé por qué me metí en esto, pero ya estoy.

—¿No lo harás por amor?

—Vos sabés que sos el único hombre en mi vida.

Los labios finitos de Zelkin se le arrugaron en una

mueca de fastidio y dejó la porción de muzzarella que tenía en la mano.

—¿Por qué no te vas un poco a la puta que te parió?

—Ay, si vos me acompañaras —suspiró Jáuregui teatral.

Pero Zelkin no parecía verle la gracia al juego que él mismo había empezado. Tenía el pelo lacio y escaso de color rubio sucio y, con los años, la cara se le había ido hinchando por sectores sin alcanzar una conformación coherente. Los ojos claros, por ejemplo, estaban en vías de desaparición bajo el avance de pómulos y párpados, pero la boca seguía curiosamente despejada. Su pierna derecha se movía bajo la mesa como un metrónomo desequilibrado y, sin querer, tocó la de Jáuregui: el periodista se ruborizó cual colegiala en flor.

—Disculpáme, fue sin querer.

—Afortunadamente. En serio, Carlos, necesito que me des una mano.

—¿Yo? ¿Y yo qué puedo hacer por el gran Marlowe?

—Vos estás siguiendo el caso para tu pasquín y podés tener alguna información que me sirva. Estoy tratando de encontrar qué relación puede haber entre los tres fiambres.

—Claro, muy buena idea. ¿Y yo qué gano?

—Mi eterno reconocimiento.

—¿No era que ya lo tenía?

—O una grande de muzzarella de vez en cuando.

Lo cual no mejoró las cosas. Zelkin se congestionó otra vez; ante la menor provocación, era capaz de tomar una tonalidad Walesa en lucha que no agregaba nada a sus escasos encantos. Jáuregui entendió que podía haber dicho algo más inteligente:

—Es probable que yo consiga información que vos no tenés. Vos me das ahora, yo te doy después. Es de lo más simple.

—¿Es un trato?

—¿Qué?

—Que si llegás a descubrir algo me lo pasás.

—Es un trato.

—Se murieron todos en el mismo lugar.

Fue entonces cuando Jáuregui comprobó el carácter altamente pernicioso del atragantamiento con queso muzzarella. Hay atragantamientos menores: el de miguita, por ejemplo, que sólo requieren una percusión desatascante. O asistemáticos, como el que se produce cuando un fluido equivoca el camino y emprende itinerarios erróneos: esto no tolera intervención exterior alguna, sino sólo la convulsa espera de la normalización. Pero hay atragantamientos, como el de la muzzarella, que sólo aceptan si acaso la comparación con el de espina de pescado de mar, y eso con muchas reservas. Porque la muzzarella, una vez obtenido el punto de apoyo y anclaje, no permanece sino que despliega, con avidez animal, sus tentáculos ventosos y pegajosos por todo el territorio colindante en un movimiento que no sólo no se rinde ante ninguna contrariedad sino que, grosso modo, parece continuar indefinidamente y, sobre todo, más cuanto mayor es el esfuerzo tusivo por neutralizarlo.

En tales convulsiones, entonces, se debatió Jáuregui como efecto de lo escuchado. Todos habían muerto en el mismo lugar. Tras una lucha que combinó ataques encarnizados y playas de tensa calma, la muzzarella empezó a resignar posiciones. Lo cual aprovechó Jáuregui para expresarse:

—No entiendo.

—Cuando hable en chino te voy a avisar. Te digo que los tres fiambres murieron en el mismo lugar. Todavía no lo publiqué porque quiero tener algo más, pero probablemente te pueda servir para algo. Los tres se murieron en una clínica gerontológica, en una de esas playas de estacionamiento para que los viejos se vayan deshaciendo sin que sus familias tengan que presenciar el indecente espectáculo. Esta es una playa elegante, por supuesto, tipo la Brava, pero que huele mal. El director es un tal doctor Bardotto, que antes tenía una clínica de abortos muy fina en Vicente López y se debe haber metido en algo feo, o capaz que dejó de pagar la contribución, porque un buen día le cayeron cuatro patrulleros y lo descubrieron —dijo Zelkin con sorna.

—¿Y los tres espicharon ahí?

—Sí, eso te estoy diciendo, entre fines del 78 y principios del 80. No sé que puede tener que ver, pero no creo que sea una casualidad, ¿no?

Jáuregui hizo que no con la cabeza y se zampó el último pedazo de pizza con mucho cuidado y mayor respeto. Zelkin trataba de que su mirada pareciera muy interesada en un cartel de plástico que anunciaba "Postre Malvinas" y exhibía un dibujo de sopa inglesa. Jáuregui volvió a menear la cabeza. El personaje del que no entiende nada le salía de primera:

—¿Pero no pensarás que los afanos vienen de tan lejos?

—Por ahora no pienso nada, pero ya te lo dije, si uno se pone a creer en las casualidades entonces nada de esto sirve para nada.

—¿Y dónde queda esa clínica?

—En Escobar, cerca del Cazador. Clínica del Buen Pastor, se llama. Por ahí la deben de conocer todos.

—Pero de veras, Carlos, no entiendo qué relación puede tener.

—Y qué sé yo. Capaz que se preocupan tanto por los pacientes que se los llevaron para hacerles el service de los diez años.

Catorce

El viento le golpeaba el fragmento de cara que quedaba desnudo entre las antiparras y el anticuado casco redondo, y Jáuregui no conseguía dejar de recordar el estúpido chiste sobre cómo reconocer a un motociclista feliz: porque tiene los dientes llenos de mosquitos. Hay pensamientos que se instalan de la forma más innecesaria, con una tenacidad tal que uno podría terminar creyendo que significan algo.

La vieja norton 1956 avanzaba por la Panamericana con estruendo de aplanadora vergonzosa. La norton 56/500 era una de esas motos inglesas veteranas cuya belleza se basa en que sus diseñadores todavía no se habían resignado al abandono del caballo, y trataban de imitarlo en sus curvas y movimientos. Jáuregui sabía que era estúpido empeñarse en usar una máquina tan fiable como cualquier poema de amor, una máquina que lo abandonaba cual desodorante tres de cada cinco veces, o seis de cada diez, pero esa máquina era diferente y lo hacía sentir diferente por procuración. Si eso tenía un precio, estaba dispuesto a pagarlo.

El remolque de un camión derivó hacia la izquierda. El camionero debía estar en plena siesta y Jáuregui tuvo que dar un golpe de manubrio para no ser barrido. Hubo un momento de desequilibrio, pero la norton respondió bien. Era negra, con filetes bordó y sus cromados brillaban al sol. Más de una vez había estado a punto de darse la piña por mirarse con la moto a cien en alguna vidriera grande que los reflejara a los dos.

A la altura de la 202, la policía reducía el tránsito a un solo carril. Bajo el puente había dos camiones de combustible volcados, en llamas, y todo alrededor cuerpitos que corrían y gases lacrimógenos. En el walkman sonaba Charly García anunciando que había pagado sus deudas con Entel y se cuidaba la nariz. Jáuregui sonrió con complicidad unívoca y se dio cuenta de que otra vez estaba preguntándose para qué carajo. Desde que se había metido en el baile la pregunta le atronaba los sesos. Pero ahora Charly sonaba a mil, la norton se comía cualquier asfalto y Jáuregui decidió que suspendería la pregunta. Que lo estaba haciendo porque lo estaba haciendo, que seguiría adelante, hasta donde fuera, porque había empezado y alguna vez tenía que terminar algo. Hubo un movimiento de muñeca y la norton, terminada la barrera policial, rugió como si la autopista fuese una enemiga de la metro goldwyn mayer.

Desde la calle de tierra sólo se veía un muro macizo y encalado, coronado por los vidrios de cientos de botellas. La puerta era doble, de rejas altas y negras y sólidamente cerradas. A un lado había una placa de bronce: "Clínica del Buen Pastor. Director: Doctor José María Bardotto". Detrás de las rejas, un guardia con uniforme azul y ballester molina colgando a la izquierda de la cintura, que parecía haber hecho un posgrado en derechos humanos en algún escuadrón de la muerte caribeño. Para que el reposo de los ancianitos no sufriera perturbaciones, seguramente. Ya se sabe lo sensible que es esa gente.

Jáuregui se acercó a las rejas con la moto entre las piernas. El especialista ni se movió.

—Disculpe, tengo que ver al doctor Bardotto.

—Las visitas son de jueves a domingo, de 10 a 18.

—Es una cuestión profesional.

—¿Y de qué profesión?

—¿Le tengo que contar mi vida?

—¿Le tengo que abrir la puerta?

—Por favor, dígale que Matías Jáuregui quiere verlo. Vengo de parte del doctor López Aldabe.

El pacifista vocacional se metió en la cabina adosada al muro del lado de adentro y habló por un walkie-talkie. Después fue hacia la puerta y abrió el candado.

—Ultimamente dejan pasar a cualquiera.

—En mis tiempos los porteros eran honestos servidores.

Dijo Jáuregui y aceleró la norton con desparramo de tierra sobre el licenciado.

El camino hacia la casa tenía unos cien metros y retozaba a través de un jardín donde cada brizna de pasto parecía cortada con micrómetro y sierra de relojero. De tanto en tanto, un árbol añoso o un aspirante a cadáver en silla de ruedas alegraban el paisaje. Está comprobado que la paz de los cementerios se mantiene mejor si el candidato ha participado antes de un ensayo general.

Al final del camino, una casa blanca y llena de columnas se erguía como para resistir el ataque del ejército yanqui en pleno, con Abraham Lincoln a la cabeza. En cualquier momento aparecería Scarlet O'Hara decrépita pero digna, gritando aquello de esta tierra es mi tierra. Parecía asombroso que no se escuchara por ninguna parte el canto de los esclavos negros cosechando algodón. Pero no se escuchaba.

En la puerta de la mansión sureña, Jáuregui fue recibido por un ejemplar semejante al de la reja que trataba de que no se le desatara ninguno de los paquetes de músculos escondidos bajo un traje de enfermero, blanco y angelical.

—¿El señor Jáuregui?

—El mismo.

—El doctor Bardotto me pidió que lo espere un momento.

—¿Acá?

—Como prefiera.

A unos metros de la izquierda de la casa, una viejita cana parecía leer la biblia sentada en un sillón de mimbre. De pronto su cabeza se venció y cayó rotundamente sobre el pecho. Jáuregui la miró sin saber si acababa de ser testigo de una muerte digna o de un modo peculiar de iniciar la gimnasia posprandial. A sus pies había un perrazo gernanófilo, que empezó a gemir como si Burruchaga hubiese vuelto a embocar su gol famoso. La viejita permanecía invariable. Jáuregui juzgó ético acercársele, pero antes de que llegara ya había dos enfermeras con cofia y casi tanto músculo como sus colegas.

—Señora Valvidriera, ¿está bien?

La señora Valvidriera no parecía interesada en contestar: en realidad ni siquiera modificó su postura imposible. Jáuregui se dijo que mejor no meterse y siguió su camino por el parque como si meditara. El negocio debía marchar bien: por todos partes se veían viejitos, casi siempre de a uno, y ángeles de blanco que revoloteaban entre ellos. Treinta metros más allá había una capilla blanca que hacía juego con la mansión. Tenía un pórtico de cuatro columnas y un campanario pintado de rosa. Jáuregui se acercó hasta la puerta abierta.

—... porque el castigo llega, y la recompensa llega. Y las llamas del infierno lamerán los vientres de los injustos y los pecadores, y la bonanza del firmamento será música en los oídos de los humildes, de los arrepentidos, de los que hayan entregado todo al...

La música sonaba a órgano yamaha conectado a la corriente equivocada, pero el predicador resultaba de todas formas imponente. Estaba recubierto por un hábito negro con capucha y tronaba su sermón desde lo alto de un púlpito de madera negra colocado ante el altar. Agitaba sus brazos como aspas; de su cara sólo se veía el brillo de unos ojos flamígeros y las tinieblas de una voz que ya hubiera envidiado el Maligno:

—Arrepentíos, hermanos, arrepentíos de vuestros pecados, y de los pecados de todos los hombres. Salvaos y salvaréis al mundo, hermanos, arrepentíos, y el Señor os promete la Resurrección. Resucitaréis; en una década resucitaréis si os desprendéis de vuestra mortal arrogancia. Desprendeos de vuestro lastre terrenal, desprendeos...

En las filas de bancos de madera, seis o siete viejitos escuchaban sobrecogidos, dispuestos a desprenderse hasta de sus dentaduras al primer reclamo. El sermón estaba terminando, y sus voces quebradas se encarnizaron con un himno ininteligible. Jáuregui dio media vuelta y empezó a caminar hacia la mansión. Quizá todavía no estuviera del todo maduro para la fe.

Detrás de la casa de Clark Gable había otro edificio: una construcción nueva, de ladrillo a la vista, con pocas ventanas y un par de chimeneas. Debía ser la cocina, o el depósito, o la vivienda del personal. En cualquier caso, su tamaño no desmerecía el resto. El negocio era realmente próspero.

Estaba por llegar de nuevo al pórtico de la mansión cuando una mano le tocó la espalda. Jáuregui se dio vuelta justo a tiempo para recibir la mano desmesuradamente extendida del doctor Bardotto.

—Bardotto, encantado

—Matías Jáuregui, un gusto.

El doctor Bardotto llevaba un guardapolvo blanco de tela un poco más rústica que alguna lencería de Christian Dior, la más barata. Tenía el pelo negro cortado a la navaja y una nariz un poco ancha que quizá no fuera así al principio de su trayectoria, cuarenta o cincuenta años atrás. Era más bien bajo y era probable que, bien parado sobre sus piernas cortas y chuecas, hubiera podido detener una estampida de sillas de ruedas con una sola mano. Su presencia no terminaba de resultar grandiosa pero los ojos, sin duda, seguían siendo flamígeros.

—¿Así que viene de parte de mi estimado amigo el doctor López Aldabe?

—Sí. Bueno, en realidad de parte de su señora. Y no esperaba encontrarlo hablando del cielo y del infierno.

Jáuregui no estaba muy seguro de la identificación y quiso chequearla. El otro no se dio por aludido.

—Claro, claro. ¿Y en qué puedo ayudarlo?

El galeno hablaba como un locutor de programa FM para ejecutivos embotellados en sus 505. Debía tener mucha experiencia en esto de serenar todo tipo de bestias con la tersura de su voz.

—Como le decía, trabajo para la señora de López Aldabe. Estoy investigando la desaparición del cuerpo de doña María, usted debe estar al tanto. Y quería hablarle de ese asunto.

Bardotto pasó la mano de parar estampidas bajo el brazo de Jáuregui y lo timoneó hacia uno de los caminos de pedregullo rojo. La pareja caminaba con parsimonia, como se debe. A lo lejos se oía el himno desastrado.

—Discúlpeme, señor...

—Jáuregui.

—Exactamente. Discúlpeme, señor Jáuregui, pero no veo qué puedo decirle sobre esta lamentable cuestión. Además de confesarle cuánto me impresionó cuando lo leí, por supuesto.

—Bueno, la señora de López Aldabe murió en su clínica.

—Es cierto, y la recuerdo muy bien y con especial cariño. Tenía un carácter un poco difícil pero era una mujer muy buena, muy cristiana. Pero no veo qué tiene que ver todo esto con su problema. La señora murió acá pero hace muchos años y...

—¿Y los otros dos?

—¿Qué?

—Los otros dos que se robaron también murieron en su clínica.

La pareja se paró en seco muy cerca del muro exterior: no había viejitos en la costa. Aun así, el facultativo bajó la voz para mascullar en un tono que habría hecho que los ejecutivos manotearan el dial:

—¿No estará sugiriendo que yo tengo algo que ver?

—Doctor, yo no sugiero nada. Esa es una idea suya, que quizás haya que tener en cuenta, pero no la había pensado. Yo nada más quería preguntarle si se le ocurría alguna buena razón para esta curiosa coincidencia.

—No veo por que tendría que ocurrírseme. Es una coincidencia, eso es todo.

—Puede ser. ¿Pero no se le ocurrió pensar que lo único que tienen en común los tres es su estancia en su clínica? Puede estar mezclado alguno de sus empleados, por ejemplo. Cualquiera diría que hay varios que están para más que para cuidar ancianitos.

—No lo había ni siquiera pensado, pero es totalmente imposible. Mis empleados son de absoluta confianza.

—Se puede abusar de la confianza...

—O de la paciencia, señor...

—Jáuregui, No voy a molestarlo más. Parece que no nos entendemos, pero igual le agradezco su atención. Y le insisto en que los López Aldabe le estarían también muy agradecidos si usted recordara algo que nos pueda ayudar en la búsqueda, doctor.

La voz de Jáuregui se iba haciendo más y más conciliadora. Mientras buscaba una tarjeta pensó que seguía sin conseguir nada concreto y que, además, no tenía sentido eso de ir por la vida agrediendo a gente desconocida con preguntas y sospechas. Realmente no tenía sentido. Encontró su tarjeta y se la dio al buen pastor.

—¿Así que relaciones públicas?

Bardotto se rió con una risa tan auténtica como el sillón de Rivadavia. Intentaba ser sarcástico y era, a lo sumo, terrorífico. Jáuregui decidió no hacerle caso y empezó a caminar hacia la norton.

—Ya sabe, doctor, cualquier ayuda puede ser muy importante.

El hipocrático masculló algo que Jáuregui no llegó a oír. Cuando pateó el arranque de la moto, un clic lo sometió a la humillación acostumbrada. Tras cuatro o cinco patadas la norton rugió como un león sarnoso. Detrás de la mansión esclavista el viento se llevaba el humo que había empezado a salir de las chimeneas del edificio moderno. Debía ser hora de que los viejitos tomaran la sopa.

No había conseguido nada, pensaba Jáuregui por la Panamericana, pero era cierto que no tenía grandes chances. Habría sido asombroso que, a la primera pregunta, Bardotto se ruborizara cual debutante y confesara ser el jefe de una peligrosa banda de saqueadores de tumbas. Más que asombroso, habría sido increíble. Entonces, ¿para qué había viajado tanto para hablar con el médico? Quizá para justificar el paseo, Jáuregui se dijo que el fulano no parecía trigo limpio. Lo cual tampoco significaba, es cierto, un gran avance. En la 202 ya no quedaba gente ni policías, sólo el esqueleto de los camiones dorándose al sol y un ligero aroma a lacrimógeno. En la mano contraria ejecutivos cansaditos escuchan Bardottos en sus radios, dentro de carcazas de metal casi inmóviles. En la autopista atestada, cada hombre ocupaba unos diez metros cuadrados de fierro, plástico y cuerina y los enjambres de putas que intentaban tentarlos parecían cada vez más voraces. Jáuregui aceleró. Había quedado en encontrarse con Fellini a las siete en el baño turco.

QUINCE

En noviembre de 1972, Matías Jáuregui estaba terminando sin pena ni gloria el primer año del Colegio Militar de la Nación. Ya se había hecho argentino y hombre en el Liceo, jugaba rugby con cierto éxito, tenía una novia virgen del St. Catherine's, se beneficiaba de tanto en tanto a la mucama y parecía muy satisfecho de seguir los pasos de su padre, abuelo, bisabuelo y otros choznos preparándose para servir a la patria en el arma de caballería. Hasta esa noche en que se levantó sigilosamente de su cama en el gran dormitorio y, en puntas de pie y por lo oscuro, se fue hacia los baños, de donde llegaban en las últimas noches unos ruidos extraños.

A la entrada de los baños, los ruidos se habían convertido en gemidos y, ya en las duchas, los gemidos en tres cuerpos fornidos y desnudos que lo miraban con espanto y, enseguida, lo invitaban a sumarse a las maniobras. Que consistían en un joven parado con las piernas bien abiertas y el torso inclinado hacia la pared, en la que apoyaba los brazos; otro joven que, inmediatamente detrás del primero, movía su pelvis en estrecha cercanía de los glúteos de aquél y un tercero que, a más de variar constantemente su situación —siempre cercana a las dos anteriores— para no perder detalle del evento, agitaba con decisión y con la mano una verga que le pertenecía y que, eventualmente, intentaba acercar al orificio bucal del primero de los dos restantes.

Todo lo cual provocó casi al momento en el bisoño Jáuregui un principio de intensa agitación que, impensadamente, lo llevó a imitar en posición y actividad al tercero de los citados hasta que, habiéndose chocado y molestado en un par de oportunidades, ambos decidieron sin consultas y como de consuno intercambiar las manos y continuar la agitación de las respectivas partes nobles, con reciprocidad no exenta de cierta cortesía.

La escena subsiguiente, ya más larga, consistió en el súbito encendido de las luces, la llegada de dos sargentos y un alférez, los gritos, las órdenes y contraórdenes, el encierro por fin en tibio calabozo individual y el llamado a los padres, el escarnio, la expulsión vergonzosa y vergonzante, silenciada.

Desde entonces Jáuregui, ya lanzado a una vida cambiante pero definitivamente diferente del proyecto original, había conservado cierta repulsa y atracción inseparables por cualquier espacio sanitario: la escena se instaló, una vez más, en su cabeza cuando entró en el baño turco de la Avenida de Mayo.

En la sala principal hacía cuarenta grados húmedos. La sala principal tenía los techos bajos por donde circulaban caños y molduras y un gran espacio ocupado hasta la extenuación. Había, a los costados, largas hileras de casillas de madera para cambiarse. En el medio, una doble fila de camillas recordaba el hospital de campaña de cualquier ejército derrotado. Crimea, 1855. Sobre las tablas yacían, envueltos en toallas, cuerpos vencidos por el calor y los fríos. En un ángulo de la sala había un bar con barras y varias mesas, donde los parroquianos bebían vestidos como esclavos egipcios: un paño blanco arrollado a la cintura y, si acaso, un toallón sobre los hombros. Allí lo esperaba Fellini. Su cuerpo muy blanco exhibía algunos huesos que otros cuerpos esconden. Tenía el pelo mojado y se paró para saludar a Jáuregui:

—Bienvenido al templo de los arrepentidos.

Solían encontrase allí un par de veces por mes. Jáuregui le dio la mano, le pidió que lo esperara un momento y fue a cambiarse a una casilla. Al rato volvió, con su tela en la cintura, y los dos caminaron hacia los recintos vaporosos.

En el primer cuarto, a sesenta grados, procónsules romanos y mercaderes palestinos degradados por la historia se deshacían en reposeras de caño y madera pintadas de blanco, transpirando sus vicios razonables y discutiendo los precios y la política del día alrededor de un mesón de mármol donde, entre la bruma vaporosa y el olor a eucaliptus, se amontonaban botellas de gaseosa, sangría, cerveza y diarios reblandecidos por el agua ambiente. Las discusiones venían acompañadas de mucho grito y mucho gesto genital y algunos insultos por los que nadie se ofendería. En los rincones los que no participaban de la asamblea general leían o hablaban en voz baja, concretando negocios o encuentros más privados.

El baño turco era un lugar propiciatorio, de reconocimiento y encuentro, pero también tenía algo de expiatorio: ir a pagar excesos e inconveniencias, a purificarlas en el calor extremo, como en otros infiernos más temidos. Jáuregui y Fellini se despatarraron en dos reposeras contiguas y se dispusieron al moderado sacrificio.

—¿Y, algo nuevo?

—No, no pude, en estos días anduve ocupadísimo. Pero puede ser que la semana próxima te tenga un par de fulanos pesados.

De vez en cuando, Jáuregui le conseguía a Fellini nuevos clientes, y recibía una comisión.

—¿En qué anduviste?

—Un deal infernal, no me vas a poder creer.

Por si acaso, Jáuregui empezó a contarle a su cobañista sus recientes actividades mientras recorría con la mirada al resto de los parroquianos. Le gustaba esa mezcla de figuras apolíneas, henchidas bolas de grasa y desesperantes depósitos de huesos. Le impresionaba ver cuánto puede deformarse un cuerpo antes de disolverse en el aire, o en la tierra. Era como un desfile de cuerpos repugnantes por lo cuidadamente apetecibles, apetecibles por lo injuriosamente repugnantes. Cuando el relato llegó a la clínica gerontológica, los dos estaban bañados en sudor.

—...y estuve en la clínica, hablando con el doctor Bardotto.

—¿Con quién?

La mitad de los romanos y un buen número de palestinos se dieron vuelta ante la exclamación. Fellini se rió y se paró. Jáuregui lo siguió, y los dos pasaron a la sala siguiente —setenta grados— que estaba casi vacía.

—No me digas que me vas a hacer la competencia.

—No te entiendo, Andrés —dijo Jáuregui casi ofuscado por el circo incomprensible de su amigo, que miraba para todos lados: un coreano dejaba la sala para pasar a la siguiente; sólo quedaba un viejo en un rincón, pero no podía oírlos.

—Bardotto tiene una de las cocinas de merca más fuertes de Buenos Aires —dijo en un murmullo.

—No debe ser el mismo.

—¿Está en Escobar, una casa blanca medio antigua, enorme, y una casa moderna atrás?

Jáuregui asintió con la cabeza, y con fastidio.

—¿Y qué te creés que hay en la casa de atrás?

El viejo estaba semicubierto por el toallón, pero no tenía paño en la cintura. Su pija ínfima y arrugada desaparecía entre los pliegues de la panza derramada. Con atracción hecha de asco, Jáuregui lo había estado mirando desde que entró en el lugar. Ahora notaba que el viejo, con los ojitos hinchados, lo miraba y no precisamente a los ojos. Jáuregui se tapó bruscamente con el toallón blanco.

—¿Qué me estás diciendo, que es ahí donde cocinan la coca, con todos esos viejitos alrededor?

—Un yeite perfecto. Todos viejos de buena familia, quién va a ir a investigar ahí...

—¿Y te parece que puede tener que ver con los robos?

—Bardotto puede tener que ver con cualquier cosa, pero no te metas con él. Tiene banca muy pesada. Si te cuento todo esto es para que no te metás, nada más, para que sepas adónde fuiste a meter el hocico y lo saqués enseguida.

Jáuregui ya no pudo soportar la mirada del viejo y se fueron a la sala siguiente. Ochenta y cinco grados: las caras ya empezaban a deformarse, las bocas se abrían buscando aire, la transpiración formaba corrientes caprichosas que se enroscaban en los cuerpos. Y entonces al sauna: noventa y cinco grados de calor seco, asfixiante. Allí ya no había movimiento, sólo sumisión, sólo sufrimiento voluntario. Hombres que creían estar ganando algún perdón. Después, la ducha fría.

Jáuregui y Fellini caminaban hacia la sala principal, hacia la sala de masajes.

—¿Pero para qué puede querer meterse un pescado tan fuerte en un afano de fiambres?

—¿Y quién te dijo que está metido?

—Los tres son de su clínica, es demasiada casualidad...

—¿Pero no me dijiste que habías estado con los chorros?

—Sí, pero capaz que los tipos esos laburaron para Bardotto. Si Bardotto ya les pagó por el trabajo, se entendería que no les importe mucho recibir más guita: ya están amortizados.

—¿Y para qué carajo los quiere Bardotto?

—¿Qué te parece un jonca lleno de blanca? ¿O que los cadáveres tuvieran algo que lo pudieran deschavar?

—Vos estás boludo.

—¿Y por qué no?

—Porque no tiene ningún sentido. Y aunque fuera cierto, para vos tiene que ser mentira: nada, vacío, no existió. Olvídalo, cariño.

Ya estaban en la zona de masajes: unas camillas separadas por mamparas que no silenciaban los golpeteos rítmicos y los suspiros de dolor placentero de los clientes inmediatos. Los masajistas, sudorosos, se afanaban sobre cuerpos sólo un poco más desnudos que los suyos, apenas cubiertos con el paño de esclavo egipcio.

Jáuregui se acostó boca abajo en una camilla e intentó vaciar sus cuatro neuronas, pero no podía dejar de pensar en Bardotto. Era el clásico personaje que manda a sus tres hijos encantadores a un colegio privado, a su esposa a París una vez por año, tiene una amante joven y cara con departamento ad hoc, parada fija en la Brava y un trato entre deferente y envidioso en las reuniones de ex alumnos del nacional 4. Pero, algo, de pronto se descompaginaba y el hombre aparecía abasteciendo de cocaína a media Capital Federal mientras amenazaba a sus ancianitos con las llamas del infierno. Una mano sólida empezó a juguetear con los dedos de sus pies. Después la planta y el tobillo, dos manos, las pantorrillas, el buscado abandono.

Jáuregui adoraba los masajes: era una de las pocas cosas que solían merecer su defensa oratoria. Jáuregui reivindicaba las delicias de entregar el cuerpo a un hombre que debe toquetearlo, sobarlo, servirlo, con límites muy precisos y sin más justificación que el dinero que acaba de recibir. La prostitución más completa, más acabada, decía: porque si una puta alquila su cuerpo para que el otro cuerpo activamente lo use, en el masaje uno no tiene que hacer nada, es sólo el dinero el que actúa a través del otro sin esfuerzo propio, bajo forma de masajes y apretones.

El trabajo se fue extendiendo por el resto de su cuerpo con un cuidado marcado de no rozar siquiera las zonas de cierto compromiso. Cuando la ceremonia tocó a su fin, Jáuregui estaba tan fresco y lleno de vida como si se le hubieran caído encima las obras completas de Corín Tellado. Sin alardes, se arrastró hasta una de las camillas de Cancha Rayada, se envolvió en un par de toallones blancos y se dejó vapulear por la modorra.

Se despertó con una mano que se empeñaba en tantear la aptitud rotatoria de su hombro derecho. Fue abriendo los ojos sin entusiasmo; primero le llegó la cachetada de calor y, enseguida, la cara de Fellini que insistía en sacudirlo:

—Matías, despertáte; quiero presentarte a un amigo.

Jáuregui se envolvió confusamente en los toallones y siguió al otro a lo largo de la fila de yacientes. En una de las últimas camillas un hombre joven estaba recostado sobre su brazo izquierdo, a la manera de los comensales romanos en las películas de Cecil B. de Mille.

—Matías Jáuregui; Andrea D'Acquila.

Dijo Fellini, y los aludidos se dieron las manos mientras farfullaban palabras convencionales. Que el tal Andrea farfulló con acento marcadamente itálico.

El apretón entre dos señores desnudos resultaba un tanto exótico, pero hay hábitos que no se pierden con la ropa.

—Andrea, Matías es un excelente relaciones públicas. Si necesitás algo no dudes en llamarlo.

—Certo, certo —dijo el italiano—. Aunque por ahora no tengo necesidad de público. Pero vendrá ya, más tarde.

El relaciones públicas se creyó obligado a hacer uso de sus habilidades, y sonrió:

—¿Estás preparando algún espectáculo, o una muestra de algo?

Andrea D'Acquila tenía cierta vocación de prototipo romántico, o de Jesús de Miguel Angel. Llevaba el pelo fino y negro como la pez atado en la nuca con una gomita; suelto debía caerle hasta los hombros. La cara era un armazón de huesos bien distribuidos, armoniosos, apenas cubiertos por una piel delgada y pálida. Las manos eran delicadas y angulosas, como talladas en un mármol demasiado frágil, y sus nalgas tan prietas como el puño izquierdo de Lenin. Sus movimientos eran suaves, musicales.

—No exactamente. Más o menos, más o menos.

—¿A qué te dedicás?

—A los negocios.

Jáuregui pensó que no era delicado seguir indagando. Negocios es la palabra que se dicen los señores para decir callate. Los ojos melosos del italiano parecía haberse cebado en una inspección exhaustiva de sus toallones y lo que ellos ocultaban. Jáuregui imaginó que no estaba pasando el examen y tuvo la estúpida e inesperada sensación de que estaba a punto de ruborizarse.

—Disculpános, Andrea, pero estamos un poco apurados. Cualquier cosa que puedas necesitar...

El italiano agradeció el ofrecimiento de Fellini con una inclinación de cabeza, pero no parecía que fuese a necesitar nada, nunca. Dijo certo, certo con una sonrisa displicente y estiró la mano hacia sus visitantes. La mano estaba húmeda y tibia.

Vestidos, peinados, relucientes, Jáuregui y Fellini tomaban whisky en el bar de la entrada al turco. Fellini estaba explicando una secuencia que filmaría en los baños cuando Jáuregui lo interrumpió para pedirle datos sobre el italiano.

—Es uno de mis mejores clientes. Siempre compra diez o veinte mogras y nunca me hizo ningún problema por los precios. Claro que yo le doy lo mejor, sin cortes, sin boludeces. El quía no cuenta mucho de su vida, pero debe haberse levantado guita muy grossa en Italia, y da toda la sensación que por izquierda. Se debe haber levantado la guita y piantado para acá, y hace negocios. Negocios. No tengo idea de qué se trata. Dicen que especula fuerte en la timba financiera, yo no sé. Yo sé que se jala todo y se paga todo.

Los whiskies se estaban terminado, y también el día. Los dos hombres se levantaron para irse.

—Che, Matías, ¿seguro que no me vas a conseguir a nadie en estos días?

—Podría haber una posibilidad. Pasáme un mogra súper bueno y lo intentamos.

Jáuregui pensó que de todas formas ya era tiempo de llamar a Sara Goldman de López Aldabe.

Dieciséis

Sara de López Aldabe aventuró la punta de su nariz hecha a medida por el estrecho margen que dejaba la puerta encadenada con pasador, comprobó que él era él y, recién entonces, abrió la puerta. Sin soltar el picaporte, ofreció a la trompa de Jáuregui las pecas de su mejilla derecha. Jáuregui agarró esa y también la otra mejilla, con sus pecas respectivas, con cada una de sus manos, y la besó en los labios con un asomo de lengua. Que Sara de López Aldabe empezó a corresponder con la suya. Jáuregui separó los cuatro labios, se llevó los suyos, le soltó la cara y no la miró.

—Tenemos que hablar de negocios.

—¿Aquí?

Dijo la señora antes de soltar una carcajada que necesitaba más horas de ensayo.

Jáuregui la había llamado después del baño turco a un número que ella le había pasado para casos de urgencia. "Para que lo uses con la mayor discreción", le había dicho como si le pidiera que lo publicara en la revista *Gente*. Y Jáuregui consideró que era una urgencia. Le resultaba urgente saber si estaba contratado, si iba a cobrar algo, cuánto, qué se esperaba de él.

—Adonde quieras.

Dijo, sin la menor sonrisa y echando una mirada en derredor.

Parecía como si los constructores del departamento se hubieran quedado sin fondos en el momento de levantar las paredes; no había ninguna, pero con media docena bien ubicada se habría podido hacer un cuatro ambientes correcto. La inmensa habitación era el escenario de una dura lucha entre el gris y el rosa viejo. La alfombra peluda, las sábanas brillosas de la cama olímpica, las cortinas pitagóricas y la chimenea militaban bizarras en las filas del rosa. Los sillones como dunas, las paredes impolutas, la mesita de las bebidas y el vacío defendían con ardor la justa causa del gris acerado. El microcosmos presentaba un orden considerable, sólo interrumpido por un muestrario de lencería negra esparcida sobre los pelos rosas y el revoltijo también rosado de sábanas desplazadas de su hábitat natural.

—Este lugar es tan bueno como cualquier otro. Y además es mi lugar privado, donde no llegan los lazos conyugales.

Dijo la anfitriona con esa voz que no casaba, a la que le faltaba una octava de ronquera.

Sara Goldman de López Aldabe enarbolaba el pelo rubio con un desorden que parecía obra de Llongueras. Además del pelo, estaba usando un baby-doll de tanto satén negro que le habría alcanzado para hacerse un pañuelo. Uno de los breteles le caía sobre las pecas del brazo según el mismo impulso que hacía que el rimmel le cayera sobre los párpados como sombras chinescas. Jáuregui pasó el dedo índice por el cuello y el escote de la dama y se lo llevó a la boca, como para probar. Después miró buscando a alguien más.

—No, no hay nadie. Ya no hay nadie.

Jáuregui pensó que probablemente antes tampoco, pero la puesta en escena lo halagaba igual. Se sentaron en uno de los grandes sillones deformables, que amenazaba cerrarse sobre ellos y envolverlos para regalo. Cuando la señora se levantó para ir a buscar un par de whiskies, Jáuregui le preguntó dónde podía encontrar un platito.

—Yo te lo traigo.

Jáuregui picaba cocaína y Sara López de Aldabe se había echado hacia atrás contra la duna gris. Los pelos rubios se extendían sobre el cuero teñido y el baby-doll había ascendido a la categoría de faja. Jáuregui terminó de organizar los gusanos blancos en el platito blanco.

—¿Querés?

—¿Qué te parece?

La señora se inclinó hacia adelante, agarró el platito y aspiró el gusano casi sin ruido. Sonaba un saxo, tan suave que apenas se oía. Garbarek, probablemente. La señora volcó el gusano restante sobre la alfombra rosa con una mueca de desprecio.

—¿Esto es lo mejor que tenés?

Jáuregui se levantó del sillón con el vaso en la mano.

—Tenemos que hablar de negocios.

—Cuando quieras coca de verdad, avisáme, Matías, querido. Esto te va a hacer mal, pobre ángel.

—Así que sabés lo que es bueno. Pasaste la prueba, Sara. Si necesitás decíme. Conozco gente que tiene la mejor.

Su voz sonaba tan convincente como la del servicio de reparaciones. "Se ha registrado su pedido y se procederá a la reparación correspondiente". La señora lo miró con una lástima infinita y volvió a echarse hacia atrás en el sillón de nube tormentosa. Después cruzó sus piernas de mucho gimnasio para vencer al tiempo; algunos pliegues le cortajeaban las caderas pero, tras décadas de fieles servicios a su dueña, las susodichas se mantenían sumamente presentables. Jáuregui prefirió dar por cerrado el episodio y retomó su primera línea temática:

—Quiero que aclaremos un par de cosas.

—Me interesa la segunda.

Jáuregui titubeó otra vez. Tenía la molesta sensación de que, hiciera lo que hiciera, seguía un guión previamente diseñado por la mujer. Y que si trataba de enfrentarla o sorprenderla se hundía más y más en su libreto.

—En una palabra, ¿sigo trabajando para vos?

—¿No se nota?

—No del todo.

—¿Y entonces, qué hacés acá?

Jáuregui tuvo muchas ganas de hacer un gesto obsceno: algo así como acomodarse un testículo rebelde con un guante de beisbol. Pero se contuvo.

—Si estoy trabajando para vos tenemos que arreglar un par de cosas.

—Arreglemos.

—No hemos hablado de plata.

—Matías, soy una dama.

Dijo la dama, con una sonrisa tramposa donde cabía entero el jardín de las delicias.

—¿Cuánto me vas a pagar, Sara?

—¿Por qué?

—Por recuperar el cuerpo de la abuelita.

—¿Lo encontraste?

La luz era tenue: dos o tres dicroicas que proyectaban sus rayos azulados sobre otras tantas estatuillas de mármol: un cupido apuntando su invisible flecha, una venus tapando con sus manos sus partes más venustas, un hércules peleando con un león no mucho menos musculoso que él. Mitología delicada y sugerente.

—Lo tengo localizado, pero parece que fue un pez gordo.

—¿Quién?

—Bardotto.

—¿Qué?

Sara de López Aldabe tuvo un extraño sobresalto. Se levantó del sillón envolvente y, alisándolo con las dos manos, consiguió que el baby-doll quedara a sólo seis meses de sus rodillas. Fue hacia la mesita de las bebidas con un contoneo que combinaba lo mejor de Sofía Loren y el Pato Donald.

—¿Y ése quién es?

—¿No tenés ni idea?

—¿Cómo iba a tenerla?

—Porque es el dueño de la clínica donde se murió tu querida bove política. Doctor José María Bardotto, médico próspero con negocios en la farmacología de alto riesgo.

La anfitriona, de pie junto a la mesita, picaba cocaína de su propia bodega. Jáuregui se acercó para el convite y se quedaron parados uno junto a la otra, muy cerca.

—¿Qué negocios?

—No sé, no importa. Pero creo que puedo recuperar al fiambre pagando veinte mil dólares.

—¿A ese Bartotto?

—Bardotto.

—¿A ese Bardotto?

—No. A sus muchachos.

—Estás loco. ¿No vas a ser capaz de conseguirlo gratis?

—Ultimamente casi nada se consigue gratis, Sarita.

Dijo Jáuregui mientras se acercaba a la señora y posaba sus manos sobre el satén a la altura de la cadera, su boca sobre el rouge a la altura de los labios y actuaba en consecuencia.

Fue un beso largo y manoseado. El baby-doll ya estaba enredado en las piernas de su dueña, muy cerca de la alfombra, y la camisa de Jáuregui entreabierta y desacomodada cuando Jáuregui se separó de la dama, jadeó un poco, dio dos pasos hacia atrás y miró con detenimiento su cuerpo repleto, historiado:

—Casi nada, Sarita, casi nada.

Dijo con la voz más grave y publicitaria que pudo impostar y caminó hacia la puerta, lento sobre los pelos rosados y mullidos.

Había conseguido romper el libreto, imponer una versión inesperada y se sentía muy ufano. Desde la puerta susurró un saludo casual, echó una última mirada a la mujer desnuda y llamó el ascensor. No había bajado tres pisos cuando empezó a sentirse muy estúpido. Toda la escena había sido una mala copia de una telenovela barata sólo apta para mayores y tarados. En la calle había muy poca luz; en la esquina había una pintada que Jáuregui no había visto al llegar: "Síganme y les diré dónde está la papa. Lalengua".

La pintura roja parecía fresca. Había refrescado, y Jáuregui se puso a buscar un teléfono público. Llamó varias veces pero la psicóloga no debía estar en su casa.

Cuando llegó a la suya, solo y desvalido, la lucecita roja del contestador denunciaba llamados. El primero era de la inmobiliaria: un mes y medio de atraso y corrían los intereses. El segundo de la psi, que se iba tres días a Villa Gesell. Después venía alguien que había colgado y después la voz aguda de la mujer fatal: "Tenés razón. No te preocupes por tu guita. Lo importante es que recuperes el cuerpo. Teneme al tanto. Un beso. Ah, soy Sara".

Jáuregui sonrió con desgano y se sentó a pintar un sargento del Afrika Korps: caqui sobre la piel blanca, bermudas y una ristra de granadas alrededor de la cintura. Los hombres de Rommel, el suicidado por la sociedad. Montgomery por lo menos le había dejado su nombre a un sobretodo. Al lado, un soldadito similar esperaba, todo gris plomo, sin identidad conocida. Jáuregui pensó que no iba a ser fácil pintarle la boina de los tanquistas de su majestad. Uno y uno, según el estilo dominante. Para compensar. Las batallas son lo único que queda del desierto, dijo en voz alta, como si alguien pudiera escucharlo.

Diecisiete

—¿Y tu hermano?

—¿Y la tuya?

Esta vez el paquebote negro venía timoneado por un solo marinero. El rubio estaba en plena fase silenciosa y su respuesta no era la mejor para iniciar una controversia sobre los valores eternos de Occidente. El sol del mediodía pegaba en la chapa del oldsmobile. Como si quisiera esculpir algo. Jáuregui se había presentado en el Británico a las once de la madrugada pero Soriano ya estaba allí, tan enano como siempre frente a un vermú con platitos y la Rosa, en plena beca de estudios. El trámite había sido rápido: en menos de una hora el transatlántico lo pasó a buscar. Jáuregui, entretanto, había aprendido mucho de caballos.

—Se muere por los rubios grandotes —contestó Jáuregui, con su mejor entonación Jorge Luz.

Sabía que tarde o temprano tendría que buscar familiares de los otros fiambres y proponerles algún arreglo. Quizá fuera una manera de hacer guita fácil, en vez de enredarse en los vericuetos turbios de la familia López Aldabe. Guita fácil. Sólo necesitaba diez mil dólares. Lo suficiente para comprar un kilo de merca y un pasaje a España. El resto no era tan difícil. Una lata de dulce de batata de cinco kilos —la gioconda, por ejemplo— y un soldador para que ni se notara que había sido abierta. Y en Madrid los diez mil podían transformarse en noventa o cien sin mucho problema. Él conocía a la gente adecuada. Y con cien mil dólares y en Madrid, que le vinieran a contar. Total, la Argentina ya estaba muerta, desaparecida, off.

—Bienvenido al reino de los cielos.

El rubio, parado en la vereda, abría la puerta de la funeraria y le cedía el paso. El lugar estaba tan concurrido como el Sahara en horas pico. Esta vez, Jáuregui notó que el techo estaba aureolado de humedad y pensó que ni los deudos ni los muertos debían mirar para arriba. Al fondo, la otra puerta: "Sala de Velorios".

El museo del ataúd no había variado nada. Nadie había movido los cajones, ni la mesa del medio con las cruces, ni el sillón del fondo con el inmenso señor Stéfano. Que tronó con su voz de acunar finados:

—Señor Jáuregui, qué placer volver a encontrarlo bien de salud.

—Le agradezco.

—No me agradezca nada; el placer es mío.

Jáuregui había notado, ya la primera vez, un olor extraño, pero ahora lo distinguía muy preciso: la habitación olía a sudor de cadáver. Otra vez se quedó a tres o cuatro metros del gran trono sin patas donde campeaba el cachalote. Que emitió un bufido y estuvo a punto de soltar su chorro de agua por el lomo:

—No repare usted en los olores, señor Jáuregui, forman parte de la escenografía. Habrá notado que en los velorios y otras ceremonias fúnebres cualquier gesto de alegría da vergüenza, provoca malestar. Usted no iría a un velorio con una rubia despampanante que le sobara el tesoro, si me permite la expresión, ni vestido con la camisa hawaiana. Con el olor pasa lo mismo; imagínese si acá primara la fragancia del sándalo y la rosa. Resultaría una falta de respeto. Es cierto que últimamente no atendemos muchos servicios, pero todo debe conservarse como si. Como si, señor Jáuregui, siempre como si.

Tras la larga perorata didáctica, el inmenso parecía a punto de desarmarse. Sus vías respiratorias superiores emitían un cafarnaúm de soplidos, expectoraciones, jadeos. Y el sudor le caía en gotas continuadas a través de largas estribaciones de papadas hacia el cuello de su camisa blanca. Jáuregui intentó aprovechar la ventaja.

—¿Y si se olvida del como si y hablamos de frente? Al fin y al cabo estamos trabajando juntos, ¿no?

El mastuerzo giró las palmas de las manos hacia arriba, como mostrando su vacío y sonrió con tristeza.

—Usted me decepciona, señor Jáuregui, usted me decepciona. Yo creía, estaba convencido, de que jamás habíamos hecho otra cosa. Y me placía. Me decía Stéfano, qué bien este señor Jáuregui que...

—Sé que hay un tipo que le encargó el afano de los tres fiambres.

La sonrisa se hizo más triste y el tono explicativo, como el de un padre desencantado o un misionero domínico en Tombuctú:

—Señor Jáuregui, su expresión no es apropiada. No hay ningún tipo. Nadie afanó nada, no hay comestibles a la venta, usted se equivoca y no debería jugar con su suerte.

Dijo el inmenso y agarró una pera verde de la mesita adjunta. Fue un buen mordisco: media pera en las fauces y otro cuarto estallado a los cuatro vientos.

—Stéfano, seamos claros. Yo le propuse un negocio, un buen negocio. Pero un negocio tranquilo. En estos días me enteré de que los cajones desaparecieron por orden de un fulano muy pesado, que está en cosas muy turbias. Y si es así la cuestión cambia mucho. Mucho.

—No veo en qué cambiaría su parte del negocio, señor Jáuregui.

—Es que me estaría metiendo en un asunto demasiado sucio, con demasiado riesgo y entonces cambian los presupuestos, cambia todo.

—Señor Jáuregui, mi difunto padre me enseñó cómo se trabaja en una sociedad libre, en un mercado. El tenía unas vacas y una huerta, muy lejos de acá. Y le vendía al que le convenía, que le compraba si le convenía. Después eso se perdió en mi país y nos vinimos para acá porque es un país libre. Yo trabajo así. Usted puede aceptar o no aceptar, ésa es su libertad. Nuestra libertad.

Jáuregui recordó vagamente lecturas adolescentes. El *Reader's Digest* en el campo de los abuelos, la pileta, primas, primos, una tarde de mucho sol cuando todo era posible todavía. Un recuerdo muy fuera de lugar.

—Todo muy bonito. Lo malo es que usted tampoco sabía en qué se metía. A usted lo engañaron igual que a mí.

Había sido un tiro al aire, pero los crujidos del sillón parecieron indicar que había acertado. El coloso se revolvía en su trono como Luis XVI después de perder la cabeza.

—Señor Jáuregui, ni a mí me engañó nadie ni yo lo engañé a usted. A mí me encargaron un trabajo y yo lo hice. Usted me propuso un negocio y yo lo acepté. Y eso es todo.

—Es lo que le estoy diciendo. A usted le encargaron que se llevara tres muertos de la Recoleta. Y usted lo hizo pero no sabe para qué, no sabe para qué le servían los fiambres, si en los cajones había algo más. Lo usaron.

—No me usaron, me contrataron según las reglas del mercado libre. Y me pagaron por mi trabajo. Un negocio, señor Jáuregui, un negocio sin complicaciones.

—¿Cómo puede estar seguro de que no hay complicaciones?

—Porque no. Y no voy a hablar más. Creo que ya le he dicho demasiado. Mi padre solía decir que el graznido era para la oca como la mujer para el hombre: la perdición.

Los rubios no estaban en la habitación, pero Jáuregui tuvo de pronto la sensación de que algo se movía a sus espaldas. Se dio vuelta de un salto. Los ataúdes seguían en sus lugares y no había nadie más. Volvió a mirar al ballenato: con sus dedos morcillescos se masajeaba rítmicamente las sienes. Jáuregui pensó que si había conseguido ponerlo nervioso tenía que aprovechar para tirarse a fondo.

—Usted ya sabe que yo soy policía. Si usted no lo sabía, sus hijos se lo habrán dicho. Usted sigue tratando de venderme un buzón y me parece que ya no está en condiciones. No se olvide de que nosotros le tenemos a Funes, y ése cantó en cuatro idiomas.

El cetáceo detuvo los masajes. Dos círculos rojos le aparecieron en las sienes y se fueron estirando por la carota de cera. Antes de hablar aspiró la mitad del aire de la pieza. Su aspecto abatido habría enternecido al comisario Meneses.

—Así que era todo un fraude, señor Jáuregui. Usted no quería devolver los cajones, ni conseguir dinero, ni hacer ningún negocio. Usted quería hacerme pisar el palito para llevarme al patíbulo, como si estuviéramos del otro lado de la cortina de acero. No le voy a hablar de mi decepción porque ya es desprecio y no me interesa comunicárselo. Pero ahora sí que está todo muy claro...

—Nada está claro. Se equivoca. A mí me sigue interesando el negocio. Si llegamos a esto fue porque usted quería engañarme a mí como lo engañaron a usted. Lo usaron.

—Ya le dije que no.

—Lo usaron, Stéfano. Le hicieron llevarse esos cajones pensando que adentro había muertos pero usted no tiene ni idea de lo que había.

—Sé perfectamente lo que había.

—Droga había, y usted no tiene ni idea pero va a pagar igual. Lo cagaron, Stéfano.

—Eso lo van a tener que demostrar.

—Ya le dije que Funes cantó todo.

El inconmensurable puso media boca en acción para otro tipo de sonrisa, cínica, despreciativa. Con la manaza derecha tanteó la mesita baja pero ahí sólo había revistas. Del bolsillo del pantalón sacó un pañuelo blanco que no llegaba a las dos plazas, y se secó la frente. Jáuregui también empezaba a transpirar: en la sala de velorios no hacía tanto calor.

—Le contaron una de vaqueros, oficial, lo engrupieron como a una criatura.

—Eso va a tener que explicarlo en otro lado.

—No se sulfure, oficial. Eso se lo puedo explicar ahora mismo. No sé qué les habrá contado Funes, pero yo voy a decirle la verdad y puede creerme: los croatas no mienten. Hace un mes y medio se apersonó el Colorado en este local y me dijo que tenía un trabajo para mí. La verdad que últimamente el trabajo no abunda. Yo tengo mis rebusques, se imaginará, pero la crisis se nota tanto en la montaña como en el llano. Así que andaba necesitando algo. Y esto era de lo más fácil. Había que retirar dos ataúdes de la Recoleta. Funes me dio todos los datos y me dijo con quién había que arreglar en el cementerio. Nada ilegal, si se fija bien: solamente llevarse un par de trastos viejos que molestaban en las bóvedas. Yo no le pregunté para qué quería que lo hiciera, imagínese, uno no sabe cuándo tiene que hablar y cuándo no. Pero no había ninguna complicación. Nosotros retirábamos los paquetes y después podíamos usarlos para lo que quisiéramos.

—¿Usarlos para qué?

—Para nada. El trabajo era llevárselos, a Funes no le importaba adónde ni para qué, él no los necesitaba. Sólo quería que desaparecieran. Y pagaba mil dólares por cada uno. Imagínese, son como treinta sueldos mínimos, es plata. Y no se puede andar despreciando. Mi padre decía que la plata es como el pan, hay que tratarla con respeto.

—¿Y qué hicieron con los fiambres?

—Acá los tuvimos unos días. Estábamos viendo cómo sacarles el jugo. Pero cuando ustedes se llevaron a Funes decidimos quemarlos, por si acaso. Los quemamos. Una cremación como corresponde, no se vaya a creer. Acá sabemos de eso. Les dijimos una oración y les prendimos fuego en el patio del fondo.

—¿Los quemaron?

—¿Qué le estoy diciendo? Los quemamos.

—Y me quisieron pasar con lo de conseguir un rescate.

—Yo no lo llamaría así. Cuando usted se presentó, señor oficial, me pareció que la cosa había que intentarla. Después lo arreglábamos, ya íbamos a encontrar la manera. No sabe lo parecido que son los muertos cuando llevan unos años ahí abajo. Mi padre me solía decir: no te des por vencido ni aun vencido.

—Me quiso engañar. Me estaba tomando el pelo.

Jáuregui sintió que la sangre se le arremolinaba en el cuello, las sienes, las muñecas. Una suerte de extraño espasmo moral. Lo habían estado engañando todo el tiempo. Y quizás ahora también:

—Y ahora me cuenta un verso que no se lo cree ni su madre.

—Señor oficial, no me malinterprete. Le estoy diciendo toda la verdad. ¿Usted cree que en mi situación puedo darme el lujo de tratar de mentirle?

—Me está mintiendo. Acá hay tres fiambres y usted me habla de dos.

—Dos, sí señor. El señor Rochefort y el señor Riglos-Calvetti.

—López Aldabe. ¿Dónde está López Aldabe?

—No lo sé, oficial, no tengo ni la menor idea. Se lo juro por mis hijos que no lo sé.

El cetáceo parecía disminuir rápidamente de volumen. Si la charla seguía un rato más, en cualquier momento un hamster saltaría del enorme sillón sin patas y se escondería entre los ataúdes. Era un espectáculo muy edificante. La ballena desinflada estaba al borde del lloriqueo:

—Señor oficial, tiene que creerme, por Dios tiene que creerme. Si ya le conté todo, por qué le voy a ocultar otra cosa. Ya le dije todo lo que sé, no le voy a inventar matrañas. Nosotros nunca tuvimos nada que ver con el cuerpo de López Aldabe, créame, se lo vengo diciendo desde el principio. Si le contara mi vida, oficial, se daría cuenta de que no le puedo mentir y lo que hice lo hice por necesidad porque...

La voz del hamster inflado le llegaba como un susurro lejano, un ruido de pisadas en una calle de otro barrio. Jáuregui miró una vez más los ataúdes, el montón de cruces y cristos sobre la mesa central, la foto de Juan Pablo II. Ya no tenía nada que hacer allí, pero el murmullo no se detenía.

—...pero esto se puede arreglar, oficial, no tiene por qué pasar a mayores, estoy seguro de que usted y yo lo podemos arreglar entre amigos...

—Déjese de joder, Stéfano, usted trató de engañarme y hacerme vender mercadería falsa. Pero yo me voy a olvidar de eso. Si me promete colaboración puedo tratar de hacer un esfuerzo por olvidarme de su participación en todo el asunto, pero necesito que me diga quién lo contrató. Si no acá, se pudre todo.

—Ya se lo dije, oficial, fue Funes, yo no sé más nada. En serio, por favor, créame.

—Suficiente. Por ahora le voy a creer. Pero su situación es muy delicada y no está resuelta. Así que si llega a acordarse de algo llámeme. Si no, no le puedo garantizar nada, Stéfano, nada de nada.

Jáuregui se fue hacia la puerta seguido por los lamentos y agradecimientos del otro. Nunca le había resultado más fácil hacer la vista gorda, perdonar a alguien. El problema habría sido no poder perdonarlo. El rubio lo esperaba del otro lado de la puerta, en el local a la calle. Jáuregui rechazó su ofrecimiento de llevarlo de vuelta y salió a la vereda. La siesta dominaba el barrio de casitas bajas, cuadradas, de cemento pintado de blanco. Los jardincitos estaban quemados, amarillos por la falta de agua. Cien metros más allá una banderola colgada de lado a lado de la calle llamaba a una reunión del Comité de Alimentación y Subsistencia para esa tarde a las seis. Bajo el cartel había cinco o seis personas alrededor de una olla tiznada y humeante. Jáuregui tragó una gran bocanada de aire caliente, y empezó a caminar.

Dieciocho

Un cincuentón enclenque ofrecía dólares falsos, otro tenía el secreto de las mejores camperas de cuero, una adolescente repartía volantes de un restorán agrobiológico con tenedor libre y un tronco de hombre sólidamente implantado en el suelo de baldosas añoraba sus piernas mientras gritaba una zamba y rasgaba una guitarra. Un alfeñique de veintidós kilos y nueve años de edad pasó corriendo y se alzó con su caja de zapatos, donde flotaban tres tristes billetes. El tronco agitó sus brazos, manoteando en el aire. Alguien grito agarrenló.

Jáuregui apuró el paso. Alguna vez tendría que decidir por qué la calle Florida le resultaba tan intolerable. Quizá fuera la exhibición de un lujo de cuarta, brillos para turistas sudacas y valijeros acalorados. La sensación de que allí la ciudad se mostraba como un mercado sin nada bueno que vender, un chancro en la verga arrugada de Occidente. O el trasiego interminable de borregos que caminaban y trotaban para ir a ninguna parte, obstinadamente a ninguna parte. Jáuregui miró un par de piernas. De mujer. Y un bigote finamente rizado. Uno de estos días se dejaría de nuevo el bigote. Cuando pasara el verano, pensó. Cuando el calor no fuera una lacra tan vulgar, tan obvia.

El aire acondicionado le pegó en los huesos. El Florida Garden olía a café recién molido, desodorantes y sudores. Desde la entraba buscó una cara por las mesas. Había pintores sin paleta, creativos en desuso, algún periodista analfabeto, algún agente de dudosos servicios. Eso estaba buscando. A Ernesto Riquelme.

Habían sido compañeros del Liceo, en un pasado tan lejano que quizá nunca hubiese existido. Después Riquelme se metió en Derecho, terminó disimuladamente la carrera, intentó un estudio de despidos y accidentes y, en algún momento indefinido, empezó a trabajar para sus antiguos profesores. Jáuregui se lo encontraba muy de tarde en tarde, aquí y allá, y alguna vez habían compartido una noche de copas, una línea de blanca.

Lo vio en una mesa del fondo, cerca de la ventana que da a Paraguay. Mientras iba hacia él, esquivando sillas y miradas, decidió que fingiría un encuentro casual.

—Ernesto, mi viejo, cómo andás.

Dijo Jáuregui, estrechando su mano en vez de ir al abrazo que el otro le ofrecía.

—Fantástico, che, a vos cómo te va —le contestó Riquelme con voz aguardentosa.

Tenía el pelo negro prolijamente peinado a la gomina, con unos rulitos muy monos que se le encabritaban a la altura de las sienes. Por lo demás, soportaba un traje claro de verano de corte italiano y un compañero de mesa de características muy semejantes.

—Te presento a Capdevilla, un compañero. Capdevilla, éste es Jáuregui.

—Encantado. Bueno, Ernesto te dejo, se me está haciendo tarde. No te olvides de llamarme mañana para ver qué averiguaste.

—No te preocupes, che, nos hablamos.

El compañero se alejó sin dejar plata. Riquelme señaló la silla vacía.

—¿Te sentás?

Cinco, diez minutos hablaron de buenos viejos tiempos que probablemente ni el uno ni el otro recordaba. Jáuregui encendió un marlboro y lo pitó un par de veces antes de animarse.

—Ernesto, necesito que me hagas un favor.

—¿A quién hay que matar?

—¿Tenés banca como para hacerme ver un preso?

—¿Quién lo tiene?

—Tendrías que averiguarlo. Pero es probable que esté en la leonera.

—¿Tenés urgencia?

—Toda.

—Macanudo. ¿Y para qué, si se puede saber?

—¿Te lo puedo contar otro día?

—No.

Jáuregui se lanzó al relato, lo menos detallado que pudo, de sus correrías necrofílicas. Tampoco tenía gran cosa para contar. Pero el ejercicio se estaba convirtiendo en una constante en su vida. Redacción tema los tres cadáveres de la Recoleta. En la calle se oían sirenas de patrulleros y ambulancias, que despertaban tanto interés como un inglés en la corte del Rey Arturo.

—La bomba de las cuatro de la tarde.

Dijo el mozo mientras pasaba el trapo a la mesa de al lado. Jáuregui ya estaba terminando su cuento:

—...así que, a menos que Stéfano me haya verseado, los dos primeros fiambres ya no existen. Una historia muy rara. Pero creo que Funes me puede dar un par de claves, por eso necesito verlo.

—¿Y te parece que está en la leonera?

—Estoy casi seguro —mintió Jáuregui.

—Si querés podemos ir ahora.

—Fantástico.

El palacio de Tribunales tiene una gran entrada

neoclásica que muestra orgullosa al mundo y sus alrededores la incomprensible imagen de una señora vendada. Pero el desmedido despliegue de escalinatas y leguleyos sólo sirve para distraer la atención de la pequeña puerta cochera que da a la calle Lavalle, por la que entran y salen celulares y patrulleros con su carga de materia prima para que la justicia pueda seguir produciendo ajusticiados.

—Soy el doctor Riquelme y vengo a ver al inspector Montero.

—¿El inspector lo espera?

—El inspector siempre me espera. Pregúntele, sargento.

Dijo Riquelme, exhibiendo una placa que informaba su pertenencia a un servicio de información. El sargento puso cara de complicidad, pidió un momentito por favor e hizo una consulta por su walkie-talkie.

—Si gustan acompañarme...

Riquelme y Jáuregui siguieron al sargento por la entrada de coches. En el patio, un celular estaba descargando mercadería de segunda mano con mano dura. Arreciaban las puteadas, que los nuevos presos soportaban con la cabeza baja y las manos esposadas detrás de la espalda. Arriba, en el segundo piso, todavía se veía el boquete de un par de metros de diámetro que había dejado la explosión del mes pasado en la Cámara Federal. No la habían arreglado pero al menos habían limpiado las manchas de sangre. Según los diarios, todo el patio se había cubierto de despojos.

La comitiva entró a la alcaidía propiamente dicha por una pequeña puerta blindada al fondo del patio.

El inspector Montero los esperaba en la sala de entrada. En las paredes había muchos carteles policiales, muy poca pintura y ninguna ventana; una lamparita desnuda colgaba del techo alto y se balanceaba obscena. Detrás del mostrador, en un rincón, cuatro suboficiales de uniforme mateaban con gran despliegue de barajas y algún grito. Parecía como si nunca se hubiesen movido de allí; estaban casi tan polvorientos como el resto del ambiente.

El inspector Montero seguramente acreditaba veinte o veinticinco años de fieles servicios a la causa del orden. Lo cual le había valido el privilegio de no portar uniforme sino una parodia de la vestimenta del clubman: un blazer de indefinible azul con un escudo abarrotado en el bolsillo pechero, un pantalón de franela gris gran productor de pelotitas y su camisa celeste con corbata de lunares. El non plus ultra de la elegancia federal, que el inspector lucía abombando el pecho mientras saludaba con confianza a Riquelme, y a Jáuregui sin excesiva desconfianza:

—Ustedes dirán en qué puedo serles útil.

El inspector Montero arrugaba mucho la frente cuando hablaba, como si la ventriloquía de hacerse pronunciar ciertas palabras le costara más de lo esperado. Tenía el pelo crespo moteado de canas y un pasado de muchos años en Toxicomanía. En el camino, Riquelme había comentado que hubo un tiempo en que Montero sabía conseguir la mejor cocaína de Buenos Aires. Pero ahora estaba a cargo de la administración de la leonera, una portería tranquila y sin sobresaltos.

—Montero, tengo que ver a un preso que tienen acá. Por un asunto reservado.

—¿Y quién sería?

—Funes, el Colorado Funes. Cayó por el asunto de los robos de la Recoleta.

—Pero eso no tiene nada que ver con la política.

—Eso lo sabemos nosotros.

—Si todavía está acá no hay ningún problema. Usted sabe doctor que yo siempre he colaborado con todas las fuerzas.

—Lo sabemos, Montero, y le aseguro que lo apreciamos.

Jáuregui miraba la escena con sorna, tratando de que no se le notara nada. Le resultaba gracioso estar, por una vez, del otro lado. Pero uno podía pisarse al menor descuido.

El Colorado Funes resultó la más extraña cruza de bantú y polaca que alguna vez se presentó en la Sociedad Rural. La tez muy morocha y repiqueteada por una viruela nada boba, la nariz achatada ya antes de recibir los golpes de la vida y una mata de pelo crespo del rojo más flamígero que Trotsky pudiese imaginar. Probablemente tuviera unos treinta y seis años, o cincuenta y dos. Retazos de barba anaranjada de una semana larga le crecían entre las mataduras y, como homenaje a su aspecto entre caricaturesco y terrorífico, lucía un par de esposas convenientemente oxidadas. Riquelme le pidió al inspector que los dejara solos.

—Mire, doctor, el preso es peligroso...

—...y yo nací ayer, le puede llevar flores a mi vieja al sanatorio.

—No se ofenda, doctor, pero si llega a haber cualquier problema...

—Problema va a haber si García Paredes se entera de que está obstaculizando nuestro trabajo.

El inspector se ajustó el nudo de la corbata de lunares refunfuñando por lo bajo.

—Dentro de quince minutos vuelvo a ver si está todo en orden.

Dijo y se fue, cerrando la puerta desde afuera. La celda tampoco tenía ventanas ni otras aberturas. Las paredes, en cambio, estaban plagadas de dibujos y leyendas, "Disculpáme, vieja" o "Sexo, droga, rock & roll y la reputa que lo parió" representaban dos opciones extremas. Pero lo más notorio del lugar era el olor a mierda. La celda olía como si todos sus ocupantes de los últimos diez años hubieran sido alimentados exclusivamente con farináceos. Lo cual no resultaba del todo descabellado. Riquelme le señaló al preso la única silla, madera marrón sobre el piso de mosaicos desparejos.

—Ahí lo tenés, es todo tuyo.

Jáuregui evitaba mirarlo a los ojos. Hubo un silencio que pareció de fierro.

—Funes, necesitamos saber quién lo mandó robarse los fiambres de la Recoleta.

—Si yo supiera eso no me tendrían acá.

Dijo el preso y empezó a toser.

Fue una tos entrecortada, espasmódica, interminable. El Colorado se retorcía en la silla como si le hubiesen mandado doscientos veinte voltios. Al fin, tras ardua lucha, preguntó "¿Puedo?" Y, sin esperar respuesta, esputó medio pulmón sobre un mosaico cremita junto a la pata de su silla.

Riquelme sacó un parisienne, se lo puso en los labios al esposado, lo encendió. Funes pitó varias veces con un placer mayúsculo.

—Gracias —dijo, con el cigarrillo humeando entre los labios.

—Funes, sabemos que usté lo sabe. Es cuestión de tiempo. No nos la haga más larga de lo necesario. Así todo va a ser más fácil para todos.

—La última vez que me enternecieron así, ella tenía dos trenzas y un culo que ni le cuento.

Riquelme dio dos pasos hacia el preso y le desalojó el faso de un manotón.

—Acá los cómicos somos nosotros. No te olvidés. Vos vas a hablar de todas formas, eso lo sabemos vos y yo. Yo no soy de la federal, a mí nadie me va a pedir cuentas, ¿entendés? Pero como hoy es el día del pelotudo te voy a hacer un regalito. Vos hablás derecho viejo, nosotros no nos ensuciamos la camisa y yo te prometo que lo que nos digas no figura en ningún lado y a cambio te consigo un trato especial. ¿Qué te parece?

—Un faso.

—¿Qué?

—Quiero un faso.

—Hablá y te traigo un cartón y permiso para fumar hasta en misa.

Los ojos renegridos del preso estaban enrejados de venitas. Su mirada saltaba de uno a otro interrogador, hasta que terminó por desechar a Jáuregui y se quedó clavada en Ernesto Riquelme. Jáuregui se había sentado en el camastro de cemento y no podía dejar de mirar el gargajo en la baldosa: un monstruo verdigris que parecía a punto de levantarse en armas. Funes tosió para aclararse la gola y el mundo tembló a su alrededor:

—Ustedes no me lo van a creer, pero yo no sé casi nada. Si no, con todo gusto.

Jáuregui pensó que le había llegado el turno, y que ya había captado el estilo.

—No seas boludo, Colorado, querés. Vos contrataste al viejo Stéfano para que se afanara los cajones. Quiero saber quién te contrató a vos. ¿Fue Bardotto directamente, o qué?

—¿Bardotto?

—¿Quién coño fue?

Gritó Jáuregui, creyendo que sólo simulaba haber perdido la paciencia.

—¿Me garantizan el trato especial?

Riquelme dijo que sí con un gesto cansado, cara de qué carajo te acabo de decir.

—Fue Gabilondo, yo creí que ustedes sabían.

—¿Ustedes quiénes? —preguntó Riquelme.

—Ustedes, los servis. Gabilondo es uno de los nuestros. Yo laburé con él hace unos años, cuando estaba en el sindicato de custodia del Tano Capozzo. El también estaba de custodia, medio jefe era, pero era de un servicio, de la marina creo, o de la side, lo deben haber puesto ahí para que le controlara los movimientos al Tano. Un tipo macanudo, Gabilondo. Y una bestia con los fierros, era capaz de armar y desarmar la browning con los ojos vendados. Así que cuando él me vino a ofrecer el laburo yo creí que era para ustedes. Capaz que me equivoqué, me parece ahora, capaz que me equivoqué, pero la intención fue buena, jefe, creanmé.

Jáuregui trataba de que no se le notara la sorpresa y, sobre todo, de no mirar a Riquelme, que le buscaba los ojos con destellos asesinos. Parecía que lo había metido en un despelote insospechado. La mejor huida sería una fuga hacia adelante:

—¿Y por qué esos tres fiambres?

—¿Qué tres?

—Los que se afanaron.

—Dos querrá decir.

Esto ya había sucedido. En algún tiempo. En algún lugar, esto mismo venía sucediendo incesantemente, como un suplicio chino. Jáuregui escuchó su voz resonando muy lejos, en ese tiempo, en ese lugar.

—¿Qué dos? ¿Cuáles dos?

—Riglos y el francés que no me acuerdo bien.

—¿Qué pasa con la de López Aldabe?

—¿Está buena?

Riquelme preparó el revés de la derecha. A punto estaba de descargarlo sobre la facies variólica del flamígero pero se contuvo, o se desalentó.

—Funes, la concha de tu madre —masculló entre los dientes como quien dice amor de mi vida, mi tesorito mío te voy a meter un tiro en la cabeza.

O en cualquier otra parte. Funes entrecerró los ojos turbios, puso cara de humilde:

—¿Qué sé yo quién es esa señora?

—No te hagás el boludo. Es el tercer fiambre de la Recoleta —lo instruyó Jáuregui.

—Ni idea, creanmén. A mí me encargaron dos laburos y los hice, y los hice bien. Después no sé más nada.

Por la celda no corría una gota de aire. El calor y el olor a mierda formaban una combinación perfecta, ideal para la práctica de la meditación y el diálogo socrático. Jáuregui intentaba refugiarse detrás de una espesa cortina de humo de marlboro.

—¿Y cómo lo hicieron?

—Yo subcontraté, jefe. Yo sé a quién hay que encargarle cada cosa, ése es mi mérito. Para ese laburo Stéfano venía que ni pintado. Conoce a los sepultureros, sabe a quién hay que engrasar y sabe de fiambres y cajas. Así que se lo encargué a él y todos en paz.

—Pero vos le dijiste con quién tenía que arreglar en el cementerio.

—¿Al viejo Stéfano? ¡Por favor! ¡Como si me explicaran a mí con quién hay que rosquear en el sindicato! —se enorgulleció Funes, y escupió para un costado.

Pero el hombre estaba perdiendo potencia. Lo suyo ya no tenía nada de extraordinario.

—¿Y para qué querían los fiambres?

—Para nada. En serio, jefe, para nada, creanmén. Solamente querían que desaparezcan, por eso le dije a Stéfano que podía hacer lo que quería con los finados. Y ni siquiera sé qué habrá hecho, capaz que sacó guita.

—Los quemó.

—Eso está bien. Así no quedan rastros de nada. Un buen laburo. No tienen ni una prueba, así que me van a tener que largar rápido, ¿no le parece, jefe?

—Eso está por verse —Riquelme se había quedado taciturno desde que escuchó que podía haber un servicio metido en la cuestión. En su trabajo las interferencias entre reparticiones se pagaban caras—. Y decíme, ¿quién te lo encargó?

—¿No les dije? Gabilondo.

—¿Por qué, para qué?

—Eso es problema suyo. Yo hago mi laburo y si te he visto no me acuerdo. Acá todos quieren meterse en todo, opinar de todo. Si habría más gente como yo, que se preocupa nada más que por hacer bien su trabajo, el país iría para adelante, no como está ahora por culpa de todos estos políticos que son mucho blablá pero no saben cómo se fríe un huevo frito ni agarrar... El bermellón seguía con su filípica. Jáuregui y Riquelme se miraron estupefactos. Los dos creían saber qué iban a votar en las siguientes elecciones, y no se sentían de humor como para asistir a un mitín de precampaña. Riquelme pegó el grito.

—¡Calláte la boca, mierda!

Con lo cual dio por terminada la entrevista. Sin más palabras golpeó la puerta cerrada y de inmediato un agente de uniforme la abrió y asomó la cabeza.

—¿Me llamaba, señor?

—Sí, cabo. Avise que pueden llevarse para abajo al detenido. Ya cantó todo.

Diecinueve

Jáuregui pintaba de plateado el gran escudo de un soldado griego. Que, además, tenía sandalias trenzadas, una pollera corta y roja, una armadura ligera de cuero labrado, un casco tosco: un hoplita. "Setecientos años antes de Cristo, algunas ciudades griegas cambiaron su manera de guerrear; del combate individual entre héroes que pretendían asemejarse a semidioses pasaron a la lucha entre columnas de hombres bien preparadas, donde la unión de todos los escudos cerraba el camino al enemigo, y lo importante no era el valor individual sino la disciplina común. Cada hombre, cada hoplita, significaba en el campo de batalla lo mismo que el que tenía al lado: uno solo, cualquiera, que desfalleciese y todo el invento saltaba por los aires. Esta nueva forma igualitaria de combate produjo extrañas ideas. Los iguales en el campo de batalla quisieron serlo en todos los campos: en esos años empezaron a aparecer las primeras ciudades democráticas." Jáuregui pensó que pintar un solo hoplita era una especie de contrasentido histórico: después pensó que pintar soldaditos también lo era.

La luz del sol se transformaba en un gris rojizo que no sobreviviría diez minutos. Jáuregui se ajustó la toalla a la cintura y salió al balcón con un cigarrillo colgándole de los labios. El balcón tenía tres metros cuadrados y tanta vegetación como la cubierta de un portaaviones. Tenía que comprar algunas plantas, pensó Jáuregui, como cada día de los dos últimos años. La ciudad era un alfiletero de bloques blancos y grises, teñidos por la luz del atardecer. Cinco o diez cuadras más allá, sobre la izquierda, una gruesa columna de humo negro intentaba señales que cualquier analfabeto podía leer. Ultimamente Buenos Aires era una sustancia demasiado inflamable.

De pronto, Jáuregui se dio vuelta y entró en el living. En el suelo, al lado del teléfono y el contestador, estaban los tomos de la guía. Jáuregui agarró el primero y buscó un nombre: Bardotto, José María. De María 3451, 802-1995. Marcó el número y esperó tres llamados. Después, se asombró al escuchar que respondían:

—Hola.

—El doctor Bardotto, por favor.

—Con él habla.

—Buenas noches, soy Matías Jáuregui, no sé si se acuerda. Estuve en su clínica ayer a la tarde.

—¿Y ahora qué quiere?

El teléfono daba un toque de misterio perverso a la comunicación. No se podía relojear la cara del otro, sus gestos, si estaba desnudo o vestido de soirée, si estaba solo o acompañado, en un escritorio o tirado en una cama. No había control posible.

—¿Cuánto le pagó Funes por el trabajo?

—¿Qué?

—No se haga el tonto, Bardotto. Vamos a tener que hablar claro. Necesito que me diga qué hicieron con el cuerpo de la señora de López Aldabe. Usted me lo dice y nos olvidamos de todo.

—¿Está loco? No sé de qué me está hablando.

—Vamos, Bardotto. ¿Qué tenían los cajones? ¿Por qué eran tan importantes para usted? ¿Será que los cuerpos que había adentro no correspondían?

—Jáuregui, está completamente borracho. No le voy a permitir una grosería más.

—O será que se le dio por guardar la frula en las tumbas de sus...

—Basta, esto es demasiado. No voy a tolerarlo ni un minuto más. Va a ser mejor que se saque de la cabeza esas ideas ridículas que tiene. Por su bien, se lo digo.

—O por el suyo, doctor. Le conviene hablar, se lo aseguro, podemos llegar a un arreglo. Usted ya sabe dónde puede encontrarme...

Pero hacía varias palabras que Jáuregui estaba hablando solo. El click del otro lado de la línea demostraba que el doctor estaba poniéndose nervioso. O que se había aburrido de escuchar pavadas. Jáuregui también colgó, satisfecho. Estaba seguro de que pronto tendría novedades.

Jáuregui seguía pensativo, sentado en el suelo al lado del teléfono, cuando, minutos más tarde, lo sobresaltó el chirrido de la campanilla. Era la psicóloga que lo invitaba, casi sin esperanzas, a ir a ver la última de Alan Rudolph. Jáuregui aceptó de una. Uno de estos días tendría que confesarse que había noches en que no podía soportar la idea de estar solo.

* * *

Al mediodía siguiente, cuando llegó a su casa, el contestador rebosaba de llamados de Riquelme. Dos de la noche anterior, dos de esa mañana. Tenía urgencia en hablar con él y le dejaba un par de números de teléfono. Jáuregui probó el primero: ocupado. En el segundo lo atendió una voz de mujer, profesional.

—¿Quería hablar con el doctor Riquelme? Un momentito, por favor.

—¿Matías?

—¿Qué decís, Ernesto?

—Agarráte.

—¿Que pasó? ¿Se te armó quilombo con lo de Gabilondo?

—A mí no. ¿Sabés para quién trabaja el quía?

—Si no me lo decís...

—Juan Domingo Gabilondo, ex gendarme, ex funcionario de la secretaría, actuación destacada en enfrentamientos contra la subversión, actual jefe de seguridad del Banco del Progreso. ¿Te suena?

—¿El Banco del Progreso?

—¿Qué te dije?

—¿Me estás diciendo que trabaja para López Aldabe?

A juzgar por el ruido, en algún lugar de la línea telefónica debían estar asando un lechón al spiedo. Jáuregui tuvo miedo de estar hablando de más.

—Es el jefe de seguridad de su banco...

—No lo puedo creer.

—...pero eso no quiere decir que haya hecho el trabajo para él. Parece que es hombre de mucha iniciativa.

—¿Y puede estar tratando de currar a su jefe?

—Los jefes pasan, Matías. Acá te enseñan que los grandes jefes son sólo un accidente.

—No sé qué decirte.

—No me digas nada. Pero cuidáte. Me suena que esto debe ser un quilombo muy grosso. Tratá de no meter los dedos en el enchufe, Matías, mantenéte lo más lejos que puedas.

—Seguro. Gracias por todo, Ernesto. Cualquier cosa nos hablamos.

—Cuando quieras, viejo. Un abrazo.

* * *

Era mediodía bien pasado y Jáuregui todavía no había desayunado. La cocina de su casa estaba sucia y semidesierta; decidido a recuperar las buenas costumbres y darse un respiro, bajó al Disco de Quintana y Rodríguez Peña para comprarse un buen almuerzo. Pero llegó hasta la vidriera. En un costado, dos hombres con mameluco estaban desmontando los restos de uno de los grandes paneles de vidrio: debían haberlo reventado esa misma noche. En la pared de al lado había un par de leyendas pintadas con aerosol rojo: "La sangre no sólo sirve para hacer morcillas. Lalengua" y "Los grandes fiambres son las banderas de los pueblos. Lalengua". Adentro, alrededor de las cajas registradoras, docenas de señoras muy teñidas y muy quemadas vivaqueaban a la vera de los carritos repletos de los más variados géneros. Todo el lugar se sacudía con el movimiento frenético, espasmódico, de idas y venidas a lo largo de las góndolas, que contrastaba con la inmovilidad de las acampantes que esperaban resignadas su turno para pagar. Jáuregui desistió. Silbando como sin querer se largó Rodríguez Peña arriba con la idea de comer en el chino, que siempre le sonaba a cosa sana. En la esquina de Arenales, el kiosco-almacén abierto las veinticuatro horas estaba desmantelado, pisoteado por un cardumen de búfalos en celo. Alguien comentó que habían pasado a eso de las tres de la madrugada. "Eran como treinta", decía, "con palos, y algunos tenían armas. La policía ya no sabe cómo pararlos". Jáuregui echó una ojeada, sonrió y siguió caminando.

El alma le olía a salsa de soja cuando entró a La Academia. Todo estaba como de costumbre: el ruido de los dados y los tacos, el olor a lavandina, café y tabaco frío, los parroquianos aburridos. Ahí el apocalipsis no llegaba, quizás porque ya se había instalado hacía mucho tiempo, sin alharaca. En la misma mesa que el domingo, Ferrucci seguía sentado en medio de un mar de papelitos de caramelos lheritier. Cremitas. Jáuregui le pidió permiso para sentarse.

—Es su derecho.

El oráculo tenía la piel de la calva interrumpida por manchas terrosas. O eran nuevas o Jáuregui no las había notado la vez anterior: no era probable que fueran nuevas. Estaba a punto de decir algo cuando Ferrucci, blandiendo un librito, lo interceptó:

—Usted ya conoce sin duda esa extraña alquimia que hace que los malos relatos cuenten a veces con tanta eficacia lo que no sabemos cómo decir, o cómo escuchar.

Dijo y calló, y miró la tapa del opúsculo: *Los últimos días de Pompeya* de Dashiell Raymond.

Editado por Tor en los cincuenta, la tapa era un maremágnum de lava, fuego y piedras desencadenado sobre una vestal primorosa y aterrada. Jáuregui estuvo a punto de dejarse llevar por la sugestión de la imagen, pero pensó que la joven había muerto dos mil años atrás y, después, que en realidad no había muerto ni vivido nunca.

La simplicidad de esta idea lo reconfortó, y miró a Ferrucci:

—¿Un whisky?

—Yo jamás bebo alcohol.

Dijo, con un gesto cuya dignidad consistía en entrecerrar los ojitos pardos y dirigirlos hacia el cielo, reemplazado provisoriamente a estos efectos por el techo cuarteado.

Jáuregui intentó un golpe de efecto:

—Se me perdió un cadáver.

El pitoniso debía escuchar esa frase tres veces por día, después de las comidas. En todo caso, le provocó una excitación muy moderada, por no decir imperceptible.

—Si querés te cuento. Ya tengo una idea sobre quién se llevó los cuerpos. Una combinación muy rara, por ahora llega hasta un custodio del banquero, que se quiso pasar de vivo. La famosa mano de obra desocupada. Tengo que hablar con el banquero para ponerlo al corriente. Pero el problema es que el cuerpo de la vieja no aparece por ningún lado. Los otros dos tampoco, en realidad, pero parece que los afanaron y después los quemaron, vaya a saber por qué. En cambio, del de la vieja nadie se hace cargo, los que confiesan el afano de los otros dos dicen que éste no lo hicieron, no se entiende nada.

—Así que ya sabe para qué robaron los sarcófagos.

—¿Los dos primeros? No, ni idea. Sé quién los encargó, pero no pude saber para qué. Y ahora que lo decís, tampoco entiendo la actuación de Bardotto... —Jáuregui hizo un silencio teatral para que el otro le preguntara quién era Bardotto. No hubo tal pregunta y Jáuregui se resignó a seguir por cuenta propia—. Bardotto es el dueño de la clínica donde se murieron los tres, y tuvo algo que ver. Si no, no actuaría así. Pero no entiendo qué relación puede tener con el custodio que te dije, Gabilondo. Y sobre todo lo que no entiendo es por qué todos hablan de los dos primeros, y al tercer fiambe no lo tocó nadie. Parece como si se hubiera levantado y se hubiera ido a su casa. No lo entiendo.

Jáuregui meneaba la cabeza como si lo estuvieran hipnotizando con una hamaca. El buda infeliz no había dejado ni por un momento de descascarar y consumir sus caramelos de coco. Tampoco le había ofrecido a Jáuregui. Con la boca inflada por la mascada impenitente, masculló unas palabras:

—En mi principio está mi fin, decía el viejo Toilets. Y quizá su busca también encuentre su final en su origen. La palindromía, madre mía, la palindromía.

Dijo y, como agotado por el esfuerzo, peló a dos manos sendos cremitas que introdujo ávidamente en su boca flaca.

Jáuregui quiso preguntarle más, aunque suponía que nada más le sería dicho.

—Vuelva cuando quiera, amigo. No se prive, sobre todo no se prive.

Jáuregui salió del bar sin pagar lo que no había consumido y se lanzó a la búsqueda de un teléfono público. Le costó seis o siete intentos encontrar uno que se dejara usar. Mientras marcaba el número del Banco del Progreso, recordó una escena muy similar, menos de una semana atrás, cuando nada de lo que ahora lo absorbía tenía la menor realidad. Estaba tratando de decidir si aquello era mejor o peor, cuando lo atendió la misma secretaria que, tras demora semejante, lo comunicó con el doctor López Aldabe.

—Rafael, necesito hablar con vos. Urgente.

Por la cara de Jáuregui, no parecía que López Aldabe le estuviera consultando si prefería lapsang souchon o bien earl grey para el té que compartirían.

—Ya sé: ya sé, pero me enteré de algo muy importante, es necesario que te lo cuente.

Del otro lado, la respuesta fue breve.

—Okay. A las cinco en tu oficina.

VEINTE

—Nunca entendiste nada, Matías.

El doctor Rafael López Aldabe ladeaba ligeramente la cabeza augusta y trataba de dar a sus palabras el tono de conmiseración de un padre comprensivo. Lo cual sonaba a teleteatro mal actuado.

—Siempre fuiste un cero a la izquierda. Te hiciste echar del Colegio, no te dio para seguir estudiando, te hiciste echar del país y vaya a saber lo que hiciste por esos mundos de Dios. Digo, para no ser mal pensado y no hacerle caso a los rumores. Porque hay rumores sobre vos, Matías, vos sabés. Cada quien es muy dueño de hacer de su culo un plumero, pero vos, Matías, siempre fuiste un cero a la izquierda. Un cero a la izquierda.

Jáuregui estaba sentado del otro lado del infinito escritorio del banquero. La curiosidad se le iba cambiando en odio y empezó a pensar qué pasaría si saltaba por encima del escritorio, agarraba al César del cuello, lo retorcía como Bruto sin daga.

—Pero esta idea que te dio ahora de meterte a detective es la más pelotuda de todas. Jugando a Mike Hammer. Ya sos grande, Matías. El otro día lo leí en una revista. ¿Sabés qué le pasó al tipo que hacía de Mike Hammer? Está en cana, en Inglaterra, por tráfico de drogas. Se la creyó, Matías, otro que se la creyó.

Por alguna razón que Jáuregui no alcanzaba a entender, el doctor López Aldabe rebosaba desprecio, o cólera. Y sin embargo hablaba despacito, modulando, manteniendo el tono paternal. Parecía la clase de fulano que, atado a la silla eléctrica, pensaría qué hacer si por casualidad se cortara la luz. Pero no estaba atado a ninguna parte.

—Jugando al detective... Mi equipo de seguridad se rompe los cuernos investigando el robo y vos te metés en el medio y le jodés el trabajo. Y ya te dije que a ellos no les gusta que les jodan el trabajo, Matías. Tuve que soportar sus reclamos. ¿Te das cuenta? Yo soy el jefe acá, el dueño, y tuve que soportar que me vinieran a reclamar. Por tu culpa. ¿Por qué no dejás que los que saben hagan lo que saben, y te dedicás a lo tuyo, Matías, sea lo que sea?

Jáuregui se había calmado: que hablara. Ya le llegaría su turno. Cuando le contara lo que había averiguado, el Júpiter tronante tendría que tragarse sus palabras, una por una, de a poquito, sin vaselina.

—Por última vez, Matías, te lo pido amablemente: no te metás en lo que no te importa. No te metás.

López Aldabe hizo una pausa para prender un cigarrillo y entonces Jáuregui se lo dijo, como al desgaire, mirando a ninguna parte.

—Ya sé quién robó los cadáveres.

El cigarrillo quedó sin encender, en una mano; en la otra, un encendedor de plata, pesado, contundente, dejaba escapar el gas con un silbido que se podía oír, o imaginar. La voz sonó estrangulada:

—¿Qué me estás diciendo?

—Ya me oíste. Para eso vine a verte. Para decirte que ya sé quién robó los cadáveres.

Jáuregui seguía mirando un punto indefinido: la manzana de Guillermo Tell sobre la cabeza del banquero o una corona de oro y diamantes que se derretía en su frente sin que nadie la viese.

—Fue Gabilondo, tu jefe de seguridad.

El banquero consiguió encender el dupont y juntar la llama con el cigarrillo. La combustión pareció tranquilizarlo. Largó un chorro de humo y acertó a dibujar una sonrisa:

—¿Y cómo se te ocurrió esa idea?

Jáuregui le contó sus últimas averiguaciones, incluida la participación de Bardotto. Mientras hablaba, se iba relajando en su silla y pronto pareció que una sola no le alcanzaría. La sonrisa del capitoste se le había quedado pegada a los labios; Jáuregui luchaba porque la suya no se ensanchara. Sería poco elegante gozarlo demasiado, pensó, según iba terminando el relato.

—Así que ese tal Funes fue el que te dio el dato.

—El, y algunas otras pistas.

—¿Y te parece que no se puede haber equivocado?

—Estoy seguro, Rafael, está clarísimo.

—Tiene que haber algún error.

López Aldabe rebosaba humildad dentro de su traje de alpaca inglesa. Sus preguntas buscaban el tono del alumno que quiere congraciarse con el profesor. Para lo cual creyó conveniente aflojarse el nudo de su corbata de seda azul y algunas arrugas que solía mantener bajo control.

—Matías, no lo termino de creer. Gabilondo trabaja para mí desde hace años y le he tenido toda la confianza. Pero te aseguro que lo voy a hacer investigar a fondo. Y te agradezco lo que has hecho... Tenemos que recompensar tu trabajo, además.

López Aldabe se inclinó hacia el intercomunicador y apretó un botón. Su voz era otra vez la del banquero cuando le dijo a su secretaria que buscara a Gabilondo:

—Dígale que me venga a ver en cuanto se retire el

señor Jáuregui —y ajustándose el lazo—: Como te dije, Matías, tenemos que arreglar el pago de tus honorarios. Confiá en mí; mañana te hago llegar el cheque. Y pensá que esto va a transformarse en un lío muy grande. Si Gabilondo llega a estar involucrado voy a necesitar toda tu discreción por un tiempito. Hasta que la policía termine de solucionar el asunto. Así que te agradezco de nuevo y te pido que me dejes vía libre para que junto con la policía arreglemos todo esto, ¿sí? Lo tuyo ha sido de lo más útil.

El banquero se levantó de su escritorio, lo rodeó en menos de 3' 6" y condujo a Jáuregui hasta la puerta a través de la moquette pantanosa. Allí le agradeció de nuevo, le estrechó la mano como un hombre y lo entregó a la recepcionista de Sierra Leona, que se lanzó a su numerito de caderas dislocadas a lo largo del pasillo. Iban por la mitad cuando tuvieron que apartarse ante la mole que avanzaba en sentido contrario. Sus hombros llenaban la mayor parte de un saco que ocupaba a su vez casi todo el ancho del pasillo. Tenía una cara achatada y nudosa, cincuenta años, el doble de kilos y un número indeterminado de muescas en la culata.

Cuando se cruzaron, los ojos sin pestañas del titán lo miraron como si fuera esa tarde la última vez. Probablemente ésa fuera su mirada de servicio; a su sonrisa le faltaban dientes y le sobraba oro. Jáuregui siguió caminando con la sensación de que el otro se había quedado parado en medio del pasillo y lo miraba. Ya junto al ascensor, le preguntó a la reina de las amazonas si el individuo que acababan de cruzarse era el señor Gabilondo. La rubia tosió para aclararse una teta antes de decirle que sí.

Veintiuno

En Palladium rondaban las caras de siempre, las de día de semana. Jáuregui subió al saloncito vip, donde el repiqueteo de la caja de ritmos llegaba como un eco apagado, como el retumbe del festín de la aldea vecina. En la barra, dos jóvenes con rulos que debían rasguear la guitarra en algún grupo inevitablemente neo-reggae hablaban en un andante troppo vivace; en los sillones, dos o tres parejas de yuppie treintón largo con adolescente de familia muy cristiana se paladeaban mutuamente los hocicos como si todavía no hubiesen cenado. Jáuregui bajó, dio otra vuelta por la pista, repitió visita al baño y terminó de decidir que ése no era el lugar o el momento. Tenía todos los motores en marcha, la entrevista con López Aldabe lo había tonificado a tope y no quería terminar la noche mirando *Misión imposible* o pintando hoplitas. Saludó a un barman y se fue.

En la calle, el calor de la noche se agravaba con olores de basura y kerosén. Una tribu confusa se había instalado desde el principio del verano en la antigua playa de estacionamiento de la esquina de Paraguay. Había varios fuegos que marcaban los centros de reunión, había dos o tres grabadores que chillaban músicas diversas, había un saxo acompañado de tumbadora, gente comiendo patys quemados en las fogatas, bebiendo vino de cartones o ginebra llave o mate lavado, fumando porros finos como estiletes, besándose en medio de la asamblea o cogiendo algo apartados. Había mucho bluyín tajeado, torsos desnudos de hombres y mujeres, bolsos y bolsas de dormir desparramados sobre el asfalto y una media de edad de quince años, tres meses y ocho días. Al fondo, sobre el paredón lleno de dibujos, una pintada roja con letra casi gótica: "El futuro es ayer / hoy ya no tiene nombre. Lalengua".

El alfeñique escupía fuego en la entrada de Reconquista. Su bluyín desaparecía justo a la altura de las nalgas y era todo lo que llevaba sobre el cuerpo flaco, junto con una gruesa banda negra en el tobillo izquierdo. Tenía el pelo oscuro cortado al ras y una mirada auschwitz en los ojos redondos que se le iluminaban a cada escupitajo de kerosén en llamas. De tanto en tanto, una gotita inflamada llovía sobre sus pies. Estaba descalzo.

Jáuregui se apoyó en el parapeto bajo y se quedó mirando el fuego del enclenque. Nadie más lo miraba. Jáuregui había visto algún cracheur de feu años antes, en París, pero lo hacían para recaudar fondos. Este, en cambio, parecía dedicado a un juego de placer personal. Tras algunas llamaradas, Jáuregui se acercó con un cigarrillo en la mano y le pidió fuego. El pequeño lanzallamas sonrió y le ofreció su antorcha de palo y trapos embebidos.

—¿Querés un cigarrillo?

—No, pero si tenés alguna otra cosa...

—¿Cómo te llamás?

—Rafo. Digamos Rafo.

—Yo soy Matías.

Jáuregui no le dio la mano. La mezcla de las músicas y los olores se engarzaba con un aroma fuerte de cuerpo sudoroso. Unos metros más allá, dos mujeres jóvenes se besaban con detenimiento. Jáuregui las estaba mirando cuando dijo:

—Me fascinan tus llamaradas.

—¿Tenés o no tenés?

—En casa tengo coca. Si querés venir podemos pasar una noche fantástica.

Rafo apagó la antorcha con el pie y la dejó junto al bidón de kerosén. Se calzó un par de alpargatas desflecadas y sonrió con dientes amarillos.

—Vamos.

Jáuregui le preguntó si no iba a ponerse una camisa y se arrepintió antes de terminar de decirlo. Rafo se paró sobre la punta de los pies para darle un beso en la mejilla. Olía a kerosén. Después se sonrió de nuevo y repitió, en un susurro ronco:

—Vamos.

En el palier, antes de abrir la puerta del departamento, Jáuregui escuchó una canción de Julio Iglesias que llegaba desde adentro. No recordaba haber dejado la radio prendida, pero no sería la primera vez que se la olvidaba.

Abrió la puerta, se corrió a un costado para dejar paso a Rafo y entró detrás de él. Sobre la mesa, una docena de soldaditos de plomo habían perdido definitivamente la batalla. Sus cadáveres estaban mutilados, desparramados sobre un charco de pinturas de colores. Detrás de la mesa, de pie, dos hombres los apuntaban con tres pistolas gruesas como seis bananas. Uno de ellos, con la panza envuelta en una camisa a rayas azules y negras, un pantalón de poplín azul y alguna cana en el pelo castaño, les dio la bienvenida:

—Muy buenas noches, señores.

Rafo se dio vuelta hacia Jáuregui y lo encaró desde abajo con los ojos enrojecidos.

—Hijo de puta.

Jáuregui temblaba. Dio vuelta la cabeza y miró hacia la puerta. Todavía estaba abierta. El canoso agitó su pistola.

—Más vale que la cierres y no vayas a hacer ninguna boludez. Mirá que somos tipos muy nerviosos.

El otro soltó una carcajada que parecía querer confirmarlo. Tenía una pistola en cada mano y unos huesos largos y notorios que debían ocupar poco menos de dos metros de aire.

—El no tiene nada que ver, déjenlo ir que no tiene nada que ver.

—Claro, y así vuelve en cinco minutos con el séptimo de caballería. Somos nerviosos pero no boludos, pichón —dijo el gordo—. Cuando terminemos con esto nos lo llevamos, no te preocupés. Y capaz que hasta nos podemos hacer una fiestita.

Rafo seguía mirando a Jáuregui. Musitó algo que sonó como perdonáme me equivoqué. Jáuregui no le prestó atención. Estaba tratando de tranquilizarse. Pero su voz sonó como un pito mal afinado.

—¿Qué mierda quieren?

—Nada, pichón, no queremos nada, no te lo tomés así —el que hablaba seguía siendo el canoso—. Este capaz que quiere joda porque es muy nervioso, pero si te quedás tranquilo y sos razonable yo lo puedo manejar, pichón, no te preocupés.

El flaco revolvía con la punta de una de sus pistolas los restos de soldaditos yacientes en la mesa. En el caño negro apareció una manchita color oro viejo. Su voz tenía todo el encanto de una oligofrenia apenas disimulada; ceceaba:

—Pibe, ¿no te pareze que zoz un poco grande para jugar a loz zoldaditoz?

En la radio del equipo, Julio Iglesias seguía mintiendo abandonos tangueros. Es complicado vender la imagen del gran donjuán y cantar penas de amor no correspondido. Jáuregui pensó que alguna vez tendría que pensarlo. Entre tanto, el gordo se le había acercado hasta la mínima distancia que la decencia recomienda:

—Somos buenos, pichón —le explicó, con una tendencia natural a articular muy poco sus palabras—. Agradecé que somos buenos muchachos y hoy quisimos pasar a visitarte. Vinimos para decirte que al doctor se le está acabando la paciencia. Y no te creas que te vamos a avisar muchas veces. Así que quedáte piola, dedicáte a la joda, al fútbol, a los soldaditos, a lo que quieras, pero no te metás con el doctor, ¿entendiste?

—¿Qué me van a hacer?

La voz de Jáuregui seguía en un registro inapropiado. Humphrey la habría desaprobado profundamente.

—Nada, pichón, ya te dije. Ahora nos vamos a ir, nos vamos a llevar al pibe para que no te tientes con hacer porquerías —dijo, señalando al pibe con la pistola—. Así podés dormir bien y pensar en nuestros consejos.

—El no tiene nada que ver.

—Y vos tampoco, pichón, no te preocupés. No le va a pasar nada. Nada que él no quiera.

Rafo miró a Jáuregui con sus ojos de vaca tiernamente degollada. Jáuregui trató de hacer foco en cualquier otra parte. Tenía las mismas posibilidades de reacción que un zorrino embalsamado. El canoso se acercó a la puerta; con la pistola teledirigió al lanzallamas hasta ubicarlo a su lado. Jáuregui había quedado entre dos fuegos: el gordo de un lado, el flaco del otro y él en el medio. Por un momento pensó que si intentaba algo los visitantes no podrían disparar porque corrían el riesgo de herirse mutua y cooperativamente. Pero no se le ocurrió qué podría intentar.

—¿Entendiste, pichón? —preguntó otra vez el gordo, didáctico—. No sigás metiéndote con el doctor y todo va a arreglarse.

—¿De qué doctor me están hablando?

—El doctor, pichón, no te hagás el boludo. ¿O querés que te mandemos derecho a la clínica, para que te acordés?

—¿Bardotto?

El flaco, avanzando hacia la puerta, ya estaba a su altura. Cuando pasó a su lado dijo laváte la boca para decir su nombre y, para darle énfasis a sus palabras, revoleó un manotazo con pistola que alcanzó a Jáuregui en las inmediaciones del pómulo derecho. Jáuregui cayó al suelo de a poco, como si intentara recordar qué hacer para evitarlo y no lo consiguiera. Desde allí, entre algodones, oyó el ruido de la puerta al abrirse, un grito del lanzallamas prontamente sofocado y el último sermón del predicador gordo:

—¿Entendiste, pichón, cómo es la cosa?

Jáuregui nunca supo si había contestado que sí o que no.

* * *

Estaba en su cama tratando de que el mundo dejara de dar vueltas cuando escuchó el timbre. Eran las dos y veinte en el despertador digital; las visitas se habían retirado media hora antes y a Jáuregui no se le ocurría ninguna buena razón para que quisieran volver. Pensó que el ruido debía estar en algún rincón desajustado de su cráneo y volvió a su ocupación previa. Al tercer timbrazo, largo, casi violento, Jáuregui se levantó dificultosamente de la cama. Al pasar al living echó una mirada de llena de compasión a los cadáveres de plomo sobre la mesa. Le dolía la cabeza como si tuviera una docena. A través de la mirilla de la puerta vio a tres señores con el uniforme de la Policía Federal y a otros dos con bluyines y remeras variopintas; uno de ellos le mostraba una chapa. El mismo que gritó desde detrás de la puerta:

—¿Matías Jáuregui?

—Soy yo.

Dijo Jáuregui mientras intentaba agarrar con las manos alguno de los fragmentos de cabeza que salían despedidos hacia los rincones.

—Hemos recibido la denuncia de que acá se guardan drogas. Abra la puerta ya mismo o la tiramos.

Jáuregui la abrió de a poco, como si eso cambiara algo. Los cinco grandes entraron en malón y uno de los uniformados fue hacia él con la pistola en la mano. Era como si la mitad de la población de la ciudad se dedicara a eso, últimamente. Otro fue hacia el televisor y empezó a toquetearlo con evidente lascivia. De abajo del aparato sacó un sobrecito de papel plateado del tamaño de medio atado de cigarrillos. Lo abrió y probó el polvo blanco con un dedo que se llevó a la lengua. La chasqueó.

—Es de la buena.

—Estás detenido, pibe. Tenencia de drogas.

Dijo el de remera azul celeste. Jáuregui había conseguido retener algunos pedazos de cráneo, pero varios se le habían escapado indefectiblemente. Miraba la escena embebido en una niebla espesa y apenas alcanzó a murmurar:

—Soy Matías Jáuregui, el hijo del coronel Jáuregui.

—Mucho gusto. ¿Y tu papá también trafica?

Le preguntó amablemente el de la remera verde. A grandes rasgos, los dos señores de bluyín podían parecerse bastante al equipo anterior, aunque eran más jóvenes y estaban peor afeitados.

—Yo no tengo nada que ver, oficial. Vinieron unos matones y me pegaron y seguro que fueron ellos los que dejaron ahí eso para...

—Claro. Es todo una conspiración. Vamos, pibe, en la comisaría vas a tener tiempo de sobra para explicarnos todo.

—En serio, le digo.

Jáuregui no tenía fuerzas para discutir mucho más. Pero podía intentar un S.O.S.:

—Oficial, ¿puedo hacer un llamado?

—Sí, ya te dije, en la comisaría vas a poder hacer todo lo que quieras. No sabés lo bien que la pasamos algunas noches.

—Pero me tendría que ver un médico...

—¿Por qué? ¿Tenés hemorroides?

El uniformado de la policía ya lo estaba empujando hacia la puerta. Cuando todos salieron, con la puerta ya cerrada, se oía todavía *Papirotes*, el hit del verano, en la voz de Jorge Dorio. Las grabadoras habían invertido mucha plata en él, y nadie se había acordado de apagar la radio.

Veintidós

Jáuregui miraba a don José de San Martín y a Nuestra Señora de Luján, tan codo a codo en su extraño contubernio de cuadros de una misma pared: el militar con su mirada de galán recio y sus patillas velludas envuelto todo él en los pliegues del estandarte patrio, la purísima madre de Dios en ese formato casi cónico en que brazos y piernas desaparecen bajo el inmaculado manto también celeste y blanco, el masón y la virgen emparejándose en su destino de figuras sobre la pared cremita de la oficina del señor comisario.

Que no se hallaba presidiendo la reunión: Jáuregui, con la misma ropa que la noche anterior y un asomo de barba en las mejillas hundidas, sobre el cardenal archicromo de la mandíbula; uno de los bluyines de la víspera, ahora conocido como el inspector Albertazzi, de la brigada de Toxicomanía, afeitado, adecentado, con una camisa negra de grandes flores amarillas y un pantalón blanco y ancho muy a la moda de vaya a saber qué Riviera; y Riquelme, en traje de combate o sea en traje: veraniego, gris clarito, con corbata rosada y unas ojeras dignas de mejor musa.

El inspector estaba sentado detrás del escritorio sin papeles, bajo las figuras rectoras; los otros dos del lado de las visitas, y bebían los tres un café que por lo menos humeaba, tanto como los rubios que parejamente pitaba el trío. El inspector hablaba con un tono que podía ser de gravedad o de modorra:

—Si vos me garantizás que no tiene nada que ver no

hay problema, te lo llevás ahora mismo y acá no ha pasado nada.

—Te lo agradezco, Albertazzi. Podés tenerme confianza. Esto fue una cama, está clarísimo. Matías estaba a punto de averiguar algunas cosas sobre el negocio de Bardotto y el punto le mandó a los pesados para arrugarlo y, por si no alcanzaba, le preparó esta historia con la cocaína. Vos sabés cómo es esto.

—¿Y por qué ese tal Bardotto?

—Ese tal Bardotto, como vos decís, el doctor José María Bardotto, tiene una de las cocinas de coca más grandes de Buenos Aires en su clínica de Escobar. Por ahí es por donde tendrías que buscar, y vas a encontrar algo grande.

—Como si fuera tan fácil... Yo sé de quién me están hablando. El quía tiene amigos hasta en el ministerio, Riquelme. Es un pesado en serio.

Jáuregui pensó que el Libertador no toleraría su silencio ni un minuto más; de hecho, su mirada le resultaba cada vez más reprobadora. Así que se lanzó a la defensa de los derechos del hombre, empezando por casa:

—Pero eso no le da derecho a ir por la vida desfigurando ciudadanos.

—Eso le da muchos derechos, macho, no te imaginás cuántos.

Riquelme intentó una sonrisa de medio lado. La luz que entraba por la ventana de la oficina le inundaba los ojos.

—Me parece que se le va a acabar pronto, sabés. Me da la impresión de que se metió en un quilombo tan pesado como él. Me parece que se le va a acabar pronto...

El inspector floreado se levantó del asiento comisarial y le dio la vuelta al escritorio. Por la ventana llegaba el ruido de los colectivos acelerando en la avenida. Por la cara le resbalaba una mueca entre molesta y escéptica:

—Bueno, tengo que seguir laburando. No se imaginan cómo está la cosa este verano. Ahora tómenselas, pero traten de no meterse en líos.

Dijo, en un plural abusivo que su mirada clavada en Jáuregui hacía singular. Y los acompañó hasta la puerta, intercambiando promesas de colaboración con su colega Riquelme. Desde allí pegó un grito casi selvático y al momento se presentó un cabo con aires de Cro-Magnon ya retirado de la caza y de la pesca.

—Jiménez, acompañá a los señores hasta la calle.

—Sí, señor.

En la vereda, la luz de la mañana era un castigo innecesario. Ciudadanos de todo tipo caminaban apurados dejando regueros de olor a colonia barata. Dos o tres cuadras más allá, detrás de unos edificios altos y macizos, una columna de humo negro señalaba un principio de incendio, o un fin de fiesta.

* * *

Jáuregui se despertó sobresaltado. Otra vez ese ruido. Con un escalofrío imaginó que volvían a buscarlo y hundió su cabeza en la almohada, dispuesto a no abrir la puerta. Hasta que la campanilla del teléfono sonó por tercera vez. Fresco como un trapo de piso, apretó la tecla de hablar sin el auricular e intentó articular un saludo.

—Matías, soy Abel. Tengo que verte ahora mismo.

—Ahora no puedo. Si querés nos vemos mañana al mediodía.

—Ahora mismo, hermano, es súper urgente.

—¿Pero qué pasa?

—¿Puedo pasar a verte?

—Dame una hora.

—En media hora paso.

Jáuregui miró la hora en el despertador digital de la mesa de luz: las 9:08. Desnudo, se sentó en la cama, se sacudió la sábana celeste que tenía enroscada en las piernas y caminó vacilante hacia la ventana. Abrió la persiana. No vio nada que no viera siempre: estaba terminando de oscurecer y los edificios vecinos se llenaban de esas luces azuladas de los televisores, que constituyen el color nocturno de las ciudades. Contra esa luz, sombras se movían sin que Jáuregui se interesara por entender sus movimientos. No esa noche, no con la cabeza apenas volviendo a su lugar. La ducha sería lo más propio.

Cuando sonó el timbre, Jáuregui estaba sentado junto a la mesa, mirando sin ver la derrota generalizada de los soldaditos de plomo, la catástrofe multicolor. El decurión decapitado por el mameluco, el alemán y el inglés yaciendo juntos y casi abrazados, tres cruzados sin piernas listos para mendigar a la puerta de cualquier iglesia, y todos ahogados en un mar de colores que ni siquiera resultaba psicodélico. Jáuregui bajó un poco la radio y espió por la mirilla. Abel y sólo Abel estaba del otro lado; Jáuregui abrió la puerta. Abel era un veinteañero tan flaco como un pollo muerto, de piel sólo un poco más amarilla que el implume. Tenía los ojos rojos e hinchados, una nariz superlativa, sayón y escriba y el pelo negro erizado por un peinado platinado. Medía quince centímetros más que Jáuregui y por eso le costó, cuando se arrojó en sus brazos, ubicar su cabezota en el hombro del dueño de casa para sollozar como un marrano amenazado.

—Lo mataron, lo mataron, lo mataron.

Balbucía entre mocos, hipos y más llanto, bañando en baba la camisa de Jáuregui. Que no supo qué hacer y empezó a acariciarle la cabeza con movimientos que acompañaban la letanía del copetudo. Hasta que se dio cuenta de que le faltaba un dato, agarró al chico por los hombros y lo puso frente a sí, a pocos centímetros de su cara, para preguntarle a quién.

—A quién, Abel, a quién mataron —gritó.

—A Andrés, a Andrés lo mataron —seguía llorando el crío.

—¡¿Qué estás diciendo?!

Aulló Jáuregui y empezó a sacudirlo, frenético.

El pollo se tapó la cara con el antebrazo, como para parar un golpe que nadie pensaba darle. Jáuregui lo soltó. Los dos se quedaron parados frente a frente, mudos, clavados en el piso. Tras varios meses de silencio, Jáuregui se aclaró la garganta con una tos falsa:

—¿Querés tomar algo?

—¿Tenés caña quemada?

Jáuregui fue hasta la cocina y volvió con dos vasos llenos de hielo y una botella de criadores, y la vació en los vasos. Se sentaron los dos en el único silloncito, junto a la mesita baja. Abel se sonó la nariz con gran estruendo y ofreció cigarrillos. No se había sacado su campera negra, donde bailaban toda clase de cadenas y candados.

—Contáme qué pasó.

—Nada, no sé, no sé. A eso de las siete fui a la oficina de Andrés para ver si había que hacer algún reparto y él no estaba. Había estado, me di cuenta porque vi el diario de hoy en el baño, así que pensé que iba a volver pronto y me quedé esperando. Pero no llegaba, yo ya me estaba por ir y entonces llamaron por teléfono —Abel amenazó con nuevos sollozos, pero logró contenerse—. Yo atendí pensando que podía ser un pedido. El tipo dijo "Hola, Fellini no está. No, ahí no está. Está en la playa de estacionamiento de la Ciudad Universitaria, pero no va a poder volver a menos que lo vayas a buscar, Abel", me dijo el tipo. Yo empecé a preguntarle quién era, qué quería, pero el tipo se mandó una carcajada y cortó, nada más.

Abel se tomó el whisky de un trago. Parecía como si no hubiera dormido desde la Revolución de Mayo. Jáuregui tenía cada vez más dificultades para controlarse.

—¿Y qué pasó? ¿Lo fuiste a buscar?

—No, por eso te llamé, para que me acompañes, pero lo mataron, Matías, lo mataron.

Dijo Abel antes de lanzarse de nuevo a la catarata de llantos y babas.

—Pará, Abel, no seas boludo, capaz que está herido, o atado, o no se puede mover por cualquier cosa. ¡Pará, Abel, calláte, carajo!

* * *

La norton tardó menos de diez minutos en llevar a sus dos pasajeros hasta la Ciudad Universitaria. El lugar estaba oscuro y desierto; las grandes moles negras de las facultades se elevaban como montañas que nunca nadie escalaría. En la playa de estacionamiento sólo se veía un renault 18 plateado. La norton derrapó y aceleró hacia él.

Andrés Conqueiro tenía la cabeza con rulos dulcemente apoyada en la ventanilla del conductor. Parecía estar cómodo, demasiado cómodo. Cuando Jáuregui abrió la puerta del coche, el cuerpo se le vino encima con un silencio aterrador.

Mientras lo atajaba, Jáuregui cerró los ojos y pegó un grito desarticulado que rebotó en las paredes oscuras de las moles y llenó de gritos el espacio. El punk irredento lloraba apoyado contra la puerta trasera del renault y Fellini, siempre callado, se empeñaba en exhibir un agujerito rojo en la sien derecha, desde donde la sangre seca se expandía hacia la camisa azul formando un manchón sombrío, sin colores. Tenía la boca abierta, la piel muy pálida y una mirada extraña en los ojos oscuros. Estaba tibio.

Jáuregui volvió a acomodarlo en el asiento y pensó que iba a llorar, pero no pudo. Abel seguía inutilizado contra el guardabarros; Jáuregui dio vuelta al coche, abrió la puerta delantera izquierda usando su pañuelo para no dejar huellas, y siempre con el pañuelo, revisó la guantera. No había nada. En los bolsillos del muerto tampoco. Jáuregui, arrodillado sobre el asiento del acompañante, miraba a Fellini y le hablaba bajito, en un susurro. Finalmente le acarició los rulos, le miró por última vez la cara y, cuando salió del coche, las puteadas se le mezclaron con las lágrimas.

Veintitrés

Sólo cuando logró deshacerse de Abel, su penacho y sus cadenas en Plaza Italia, Jáuregui pudo dedicarse a su terror. Llovía suavemente, una ducha tibia que le iba empapando la camisa y llenándole la cara de gotas que relamía sin placer mientras aceleraba la moto por Libertador. La norton rugía y patinaba sobre el asfalto apenas húmedo de la avenida vacía. A la altura del Automóvil Club, Jáuregui cerró los ojos, lentamente, con parsimonia, y giró a fondo el acelerador. En cualquier momento sentiría un golpe seco y estaría en el aire, y oiría una música desconocida y los momentos más importantes de su vida desfilarían ante sus ojos cerrados y quizás vería escenas que no recordaba. Mucho antes, poco después, abrió los ojos de un golpe y vio que el semáforo de Pueyrredón estaba en rojo. Frenó, con un chillido moderado.

Cuando entendió que tampoco esa noche se atrevería a matarse, Jáuregui dobló por Rodríguez Peña con la sana intención de emborracharse en su casa, tranquilo, y dormir dos días seguidos.

En la esquina de Alvear cinco o seis personas y dos ambulancias rodeaban un cuerpo desarticulado sobre el asfalto. Un policía perseguía sin fervor a tres sombras que corrían con el diablo. Estaba por cruzar Juncal cuando vio un edificio conocido y se paró, con la máquina entre las piernas. Miró hacia arriba; en el cuarto piso había luz: visiblemente, Sara Goldman de López Aldabe no sólo pasaba allí algunas tardes. Jáuregui subió la moto a la vereda esquivando el cuerpo yaciente de un galgo afgano, la encadenó a un árbol raquítico y tocó el 4º A en el portero eléctrico. Alguien había cortado las dos patas traseras del afgano; el resto no valía la pena. El portero tardó en contestar:

—¿Quién es?

—Jáuregui. ¿Puedo subir?

—¿Ahora?

—O el miércoles 28 a las doce y cuarenta y dos.

—¿Es importante?

—Puede.

—Volvé dentro de diez minutos.

Jáuregui pensó en ir a buscar un bar abierto pero después recordó que, pese a todo, todavía seguía jugando al detective. Así que cruzó la calle oscura y se refugió en las sombras de la entrada de un edificio suntuoso. Sería bueno que si había alguien arriba saliera rápido; en unos minutos pasaría la ronda de vigilancia y Jáuregui no podría justificar su presencia en el lugar.

Contraviniendo reglas imaginadas encendió un cigarrillo. Estaba tratando de decidir si el brillo de la brasa lo jodía porque hacía notoria su presencia o lo favorecía porque la hacía banal, cuando se encendieron las luces de la entrada del edificio de la señora. A través de plantas tropicales vio cómo un hombre vestido de lino blanco salía del ascensor, se paraba a prender un cigarrillo, franqueaba la puerta de calle y caminaba hacia la otra esquina. Tenía el pelo negro y unos treinta años. Jáuregui no pudo ver detalles de la cara, pero la silueta le recordaba vagamente algo. Algo que no conseguía precisar. Volvió al portero eléctrico.

—¿Ahora sí?

—Ahora sí.

Sara Goldman de López Aldabe le presentó un vestido de noche, negro, largo, ligeramente traslúcido en la anchas zonas en que no portaba strass. Su cara de pecas estaba enrojecida por sectores, irritada, y toda ella olía a crema de limpieza con caroteno. Jáuregui trató de imaginarla con ruleros y máscara facial, batón acolchado, chinelas y las uñas de los pies recién pintadas de fucsia; resultaba un auténtico hallazgo, y decidió que de ahí en más intentaría verla así, como López Aldabe debía verla en sus momentos de mayor odio. Bajo el dintel de la puerta la besó con descuido.

—Se acabó —dijo, mirando fijo un helecho que sudaba en la otra punta de la gran habitación—. Se acabó, se pudrió todo.

En el espacio poco iluminado, la batalla entre el gris y el rosa viejo seguía ardua, sorda. Junto al helecho, árbitro quizás, la cama se veía desprolijamente ordenada. Si la vez anterior estaba deshecha para disimular que no había nadie, ésta parecía rápidamente arreglada para no mostrar que sí había habido. Jáuregui caminó hacia la mesa de las bebidas como si la señora de tules negros fuera una foto de su tía Remedios. El whisky que se sirvió habría podido contener un par de truchas chicas. Sara de López se acercó y le sonrió con una buena docena de dientes recién pulidos:

—¿No me convidás?

—Sin cumplidos. Hacé como si estuvieras en tu casa.

La señora se sirvió otra pecera. Los bajos del vestido se le enredaban en unas sandalias negras y brillantes, con tacos aguja.

—¿Qué era eso tan urgente que tenías para decirme?

—Que se acabó. No juego más. Esta joda ya se pasó de la raya.

La voz le salía tan firme como un panadero en la tormenta. Jáuregui pensó que no tendría que haber subido; no tenía por qué mostrarse en ese estado.

—¿Qué pasa, Matías? ¿Batman se enteró de que estuviste flirteando con Robin?

Dijo la dama, señalando con el mentón la mandíbula hinchada del otro, la sinfonía de colores fauvistas que se le estaba organizando en la baja mejilla.

—Me pegaron. Pero eso no tiene nada que ver. Se acabó porque me metí en un paquete que no tiene nada que ver...

—Y como a vos te gustan los paquetes...

Decididamente, la señora de López Aldabe podía ser tan refinada como una coz de burra. Jáuregui trató de ignorar su mot d'esprit.

—...que no tiene nada que ver conmigo. Y no lo puedo controlar. Me borro. Vos me metiste en esto. Por tu culpa esta noche mataron a un amigo mío.

La mujer había empezado una carcajada que quedó interrupta. Los ojos de Jáuregui no daban como para que nadie se carcajeara a su alrededor. Estaban hinchados, enrojecidos; eran casi una ranura por la que salía una fina lámina de odio y desconcierto.

Hacía calor. La señora se refrescaba con un hielo las sienes y el cuello; gotas le caían por los hombros, de donde un bretel había resbalado incontenible hacia el brazo pecado.

—No sabés cuánto lo siento —dijo, como si acabara de aprender un verbo nuevo y todavía no supiera muy bien cómo usarlo—. Pero no sé qué tengo que ver yo con eso. ¿A quién mataron?

—A Andrés. Vos no lo conocés. Pero lo hizo matar

Bardotto porque me metí demasiado en su vida.

—¿Y eso qué tiene que ver conmigo?

—Con vos todavía no sé, pero si yo no me hubiera metido en esta historia de los cadáveres no habría pasado nada, ¿me entendés? Me metí con Bardotto porque él es el que hizo afanar los fiambres y resulta que llegué a joderlo demasiado. El tipo debió pensar que le estábamos tratando de cagar el mercado, y reaccionó.

—¿Qué mercado?

—De la coca, qué mercado va a ser. Andrés era un dealer bastante fuerte, pero no tenía nada que ver con esto. Y lo mataron por mi culpa. Eramos amigos, Sara, desde hace muchos años.

—¿Así que matan a tu amigo y en vez de seguirla huís despavorido?

La señora lo miró con reprobación estúpida: una maestra que descubre que su mejor alumno se está copiando.

—Yo no diría eso. Digamos que entendí el aviso y que no tengo que hacerme matar por algo que no me importa un carajo.

—¿Ni siquiera tu amigo?

—Pero él está muerto, Sara, está muerto.

Jáuregui vació su océano de whisky. El rosa era chillón, el gris mortuorio, el vestido de tules resultaba vulgar y a Sara Goldman de López Aldabe le sobraban diez kilos y una mirada de reproche burlón.

—Así que me voy, desaparezco.

—Así que te borrás, Matías, te cagás en las patas.

—Llamálo como quieras. Seguro que vas a encontrar los peores nombres posibles.

Jáuregui dejó el vaso en la mesa baja y fue hacia la puerta. Unos pasos más allá la señora lo paró con una mano en el brazo.

—Esperá. Hay una persona que querría que vieras. Me pareció que podía serte útil. Si llegás a cambiar de idea, no dejes de llamarlo. Sabe algunas cosas que te pueden interesar.

Con la otra mano le deslizó una tarjeta en el bolsillo del pantalón. La mano se entretuvo en el bolsillo más de lo estrictamente necesario. Jáuregui dio un giro brusco y la desalojó.

—Hasta luego, corazón. Fue un placer.

El ascensor tenía una luz de tubos que extremaba las ojeras y el cardenal en el espejo. Para dejar de mirarse la cara, Jáuregui agarró la tarjeta del bolsillo y la leyó. Había un nombre, Andrea D'Acquila, y un teléfono. El nombre le sonaba de alguna parte.

VEINTICUATRO

La luz que se filtraba por la persiana americana era parduzca y fofa como un aguaviva olvidada en la arena. Amanecía. Los soldaditos seguían desparramados sobre la mesa y Jáuregui, en el sillón, se atrincheraba detrás de una botella de criadores, un vaso grande, cigarrillos, ceniceros y un platito con poca coca. Estaba desnudo. No había podido dormir; en realidad, no había llegado siquiera hasta el dormitorio. Tampoco había conseguido pensar en nada concreto; de tanto en tanto, fugazmente, podía dibujar alguna escena que lo representaba con Andrés. En ellas, en casi todas ellas, había también whisky, tabaco, cocaína. Nada particular, nada distinguible. Una sucesión de lugares, ruidos, sudores, caras crispadas.

El revólver estaba en el dormitorio, en el cajón de los pulóveres, en una carterita de cuerina negra. Un smith & wesson 38 corto, plateado, con hocico de bulldog y gesto obsceno. Hacía años que vegetaba allí. El coronel Jáuregui se lo había entregado en una ceremonia de extraño ritual.

"No te voy a contar de dónde viene", le había dicho el militar, a su vuelta de España, encerrado con él en el escritorio de boiseries de la casa familiar. "Y espero que nunca llegues a usarlo. Pero si creés que tenés que usarlo, pensálo tres veces y después, si no hay otra solución, tratá de que no te tiemble el pulso. Un hombre sabe cuándo es el momento."

Jáuregui había querido hacer alguna pregunta, saber

qué le estaba diciendo su padre, pero lo recibió con las dos manos y murmuró sí señor. Desde entonces, solamente lo había sacado de su estuche para algún engrase, alguna mirada lúbrica frente al espejo.

Jáuregui lo sacó de la carterita, volteó el tambor y comprobó que estaba cargado. De cuerpo entero ante el espejo, desnudo y armado, componía una figura casi porno. Dejó con cuidado el instrumento sobre la cama deshecha y pensó en una ducha.

Pero el agua podía disolverle el odio, imaginó, y necesitaba conservarlo. Sabía que si se tomaba seis miligramos de lexotanil tardaría menos de una hora en dormirse y, cuando se despertara, la idea misma de la venganza resultaría ridícula. Sabía que si intentaba pensarla desde esa óptica la idea podía volverse ridícula aun sin pastillas y sin sueño. Así que desechó la ducha o cualquier otra dilación, se calzó un par de bluyins y una remera negra, ajustó el fierro entre el cinturón y la piel, se puso encima un saco también negro, para tapar el relumbrón de la culata, y salió de su departamento sin apagar ninguna luz.

* * *

La dirección de Bardotto estaba en la guía: De María y Oro. Jáuregui había visto en la clínica el bmw 735i bordó, que debía estar en su cochera, y tenía tiempo. Sólo necesitaba encontrar la manera de entrar al garaje y esperar sentado.

Jáuregui se bajó del taxi frente al antiguo edificio del consulado americano. Lo que quedaba del frente de metal estaba negro por las llamas. En el jardín, muebles de escritorios oxidados y yuyos florecientes organizaban un jardín japonés modelo Nagasaki. En el medio del parque, una cañería desarraigada había formado un estanque turbio, del que emergían carcazas de computadoras blancas; hundidos hasta la rodillas, tres chicos en calzoncillos, con el pelo negro increíblemente largo, cazaban sapos con bolsitas de supermercado; al costado, un cuarto alimentaba un fuego pálido con sellos de madera y carpetas de cartulina. Todavía no hacía calor. A unos metros, el policía de facción los miraba con una sonrisa que podía ser de complicidad, de acostumbramiento o de envidia.

El edificio donde vivía Bardotto era una torre enhiesta y maciza, soportada por cuatro prismas de mármol blanco y enjaezada con tanto vidrio como una fábrica de vasos. Uno de esos edificios de pisos con dos mucamas y alarma de infrarrojos en la puerta de entrada. Y un portero que se consideraba demasiado importante como para estar baldeando el frente a las siete y media de la mañana. Así que sólo quedaba pararse en la vereda sin llamar la atención y esperar que saliera un auto por la gran puerta de chapa del garaje; el coche ya estaría a cincuenta metros cuando la puerta empezara su viaje de vuelta, y Jáuregui podría entrar sin dificultad.

Diez minutos más tarde, la chapa negra se despegó del piso e inició un vuelo rasante y controlado. Por el agujero resultante asomó la trompa un ford sierra color orquídea mortecina, que rugió octanos y se despegó de la barranca con un saltito ridículo. La chapa todavía no había empezado a bajar cuando Jáuregui ya se había introducido en las fauces de la ballena. Donde no había más iluminación que un par de tragaluces sólidamente abarrotados. Lo suficiente para que Jáuregui encontrara el bmw, entre un impala 58 color crema pastelera y un coche japonés de señora con tapado de pieles abollado en las puertas.

Jáuregui estaba revisando por sexta o decimocuarta vez su revólver cuando se abrió la reja del ascensor de servicio y el perfil de Bardotto se dibujó contra la luz de cuarenta watts. Antes había pasado una madre joven y rubia con dos críos en jogging y varias raquetas bajo el brazo, que se subió a un golf descapotable, y un decrépito elegantísimo en silla de ruedas conducido por un chofer de metro noventa que lo alzó como a un petirrojo para depositarlo en el asiento trasero de un mercedes negro que arrancó como si cualquier ruido superfluo pudiera resultarle fatal. Jáuregui, detrás de la aleta trasera izquierda del impala, les había imaginado vidas difícilmente paralelas.

Bardotto avanzó hacia el bmw. Tenía la mano derecha en el bolsillo del pantalón, donde probablemente estaban las llaves del coche, cuando escuchó una voz destemplada por la falta de uso:

—Terminá de sacar las llaves y andá entrando al coche. Pero despacito, muy despacito. Y no hagás nada raro o te pongo en órbita.

El médico entrecerró los ojos para buscar en la oscuridad y lo vio: Jáuregui estaba parado junto a la puerta izquierda del bmw y lo apuntaba con un objeto metálico dotado de un peligroso agujero negro. Todavía en el lugar, el galeno relajó la postura.

—Ah, sos vos.

—Soy yo y más vale que hagás lo que te digo.

—Sobre todo, no se te ocurra hacer una tontería.

—Se me ocurren muchas cosas, ¿sabés?

Jáuregui trató de que ese muchas sonara tan amenazador como el infinito o algunos sueños infantiles. Bardotto caminó hacia el auto como si temiera pisar el suelo demasiado fuerte y dejar marcas. Se paró frente a la puerta del conductor; Jáuregui lo apuntaba por encima del techo bordó:

—Ahora abrí la puerta, subíte despacito y abríme la mía.

Todo lo cual cumplió el facultativo con el cuidado y la parsimonia de quien vivisecciona el cuello de su madre. Los dos hombres estaban sentados en sus puestos. Jáuregui recostado contra la ventanilla para tener mejor ángulo, Bardotto con las manos apretadas en el volante.

—Ahora ponélo en marcha y vamos a salir a dar una vuetla. Despacito, todo muy despacito. Y no se te ocurra sacar las manos del volante.

La luz de la calle los cegó al mismo tiempo. Bardotto tenía un pantalón de dril celeste, una camisa blanca con mucho extracto de blanco, zapatos negros muy ornamentados. Sus manos nudosas y cortas estaban blancas de tanto apretar el volante; sus labios, en cambio, le colgaban de la cara como si ya estuviesen maduros. El auto avanzó entre lagos, césped ralo y algún trotacalles en traje de fajina. Jáuregui daba instrucciones con la mano derecha apoyada en el muslo y el revólver listo para disparar:

—Estoy seguro de que ya sabés adónde estamos yendo —dijo, pero no obtuvo respuesta.

—A la Ciudad Universitaria. ¿Te suena?

A la luz de la mañana, el lugar parecía más salvaje todavía. La maleza se enroscaba en las columnas truncas, ruinas de un edificio que nunca fue, y hacía saltar en pedazos las lajas de cemento. Un poco más abajo, en el bañado, las zancudas chillaban para saludar al nuevo día y los zancudos se organizaban en nubarrones para salir a la búsqueda del diario sustento. Hacía muchos metros que no habían visto a nadie.

—Ya podés parar. Pero dejá las manos en el volante, no se te vaya a escapar.

Por primera vez desde que salieron del garaje, Bardotto miró a su secuestrador. Tenía los ojos llenos de un cansancio sin fisuras:

—Acá me tenés. ¿Qué vas a hacer conmigo?

—No sé. Primero vamos a charlar un rato. Me debés un par de explicaciones.

—Me parece que estás confundido. Yo con vos no tengo nada.

—No son cuestiones personales. Eso después. Ahora quiero que me cuentes despacito y con buena letra por qué te afanaste los fiambres, para qué, y dónde está el de la López Aldabe.

—¿Otra vez?

Bardotto parecía realmente sorprendido. Tras un momento de vacilación, se irguió en su asiento y dio vuelta el torso. Para dejar las manos en el volante no tenía más remedio que hablar por encima del hombro. Su voz, ahora, sonaba distinta, más confiada, casi paternal. Aunque seguía lejos de su natural prestancia FM:

—Te lo dije, estás confundido. Ya te dije el otro día que yo no tengo nada que ver con esos robos. Lo lamento, pero te equivocaste de dirección.

Se oyó un ruidito despreciable, mucho más débil que el grito de cualquiera de los pájaros del bañado. Jáuregui había montado el gatillo del 38 y lo estaba agitando cerca de la cara del médico.

—Ya me tomaste el pelo una vez. Pero ahora no te veo en condiciones de hacerte el piola de nuevo. Te doy diez segundos para que empieces a contarme todo.

—No me hagas repetirte lo mismo. No tengo ni la menor idea...

Ahora el ruido fue más fuerte. Todavía no alcanzaba el nivel zancudo, pero estaba progresando. Jáuregui había lanzado mano y culata contra la oreja del galeno; de contragolpe, su cabeza rebotó contra la ventanilla. Un hilito de sangre bajó desde la oreja y le manchó el cuello almidonado. Su voz resultó casi un gemido.

—En serio te digo, Jáuregui, de eso no sé nada de nada, en serio.

—¿Y de qué sabés?

Bardotto esbozó una sonrisa triste y se encogió de hombros.

—De fabricar merca sabés. Y de matar gente sabés. Sos un tipo muy macho vos, ¿no? Fellini era mi amigo, ¿sabés? ¿De eso sabés, vos?

Jáuregui tuvo la desagradable sensación de que su voz llena de odio recordaba a las peores telenovelas comprometidas. Pero no había alternativa; quizás ése fuera el papel que le correspondía.

—Ahora contáme bien todo eso. Dejemos los fiambres. Contáme cómo lo mataste, hijo de puta, quién te acompañó, contáme todo.

Bardotto mantuvo el silencio y la sonrisa triste. Jáuregui pareció desorientado. Por un momento.

—Hablá o sos boleta.

El médico lo miró con infinita extrañeza, como si nada de todo eso tuviera que ver con él.

—No te metás en líos, pibe, no hagás tonterías.

Jáuregui acercó el revólver a la rodilla derecha del acusado. El caño casi tocaba el dril celeste. De pronto, el ruido fue como si todas las zancudas del bañado hubiesen gritado a coro el triunfo de la vida animal. Bardotto saltó hacia atrás en el asiento y se enroscó enseguida hacia adelante; con las dos manos se agarraba el muslo justo encima de la rodilla, y las manos, el dril, la camisa blanca, empezaban a enrojecer a borbotones. Bardotto rugía con un rugido sordo, implosivo, que amenazaba descuartizarle la garganta. Jáuregui lo miraba con asombro. Del cañón del 38 salía una espiral de humo gris sucio. Jáuregui habló sin despegar los dientes.

—Contáme todo o sos boleta.

Bardotto soltó una mano para limpiarse la cara con el revés. Tenía mocos y lágrimas y la mano le dejó una mancha rojo ladrillo en el pómulo izquierdo. Trató de parar de gemir e hipar para decir algo que parecía dirigido a sí mismo.

—Tranquilo, tranquilo, acá no va a pasar nada. Aguantáme un minuto y te cuento todo lo que quieras —dijo, con una voz que parecía salirle del esternón.

Jáuregui encendió un marlboro y pitó largo. Tuvo náuseas, casi una arcada. El espectáculo no le producía el placer esperado. Prendió otro cigarrillo y se lo pasó al tullido.

—Cuando viniste a verme con el cuento ese de los cadáveres de la Recoleta —empezó el doctor entre retorcijones— enseguida me di cuenta de que era todo un verso para rondarme un poco. Era demasiado evidente que yo no tenía nada que ver con esos robos; el problema era para qué carajo habías aparecido. Seguramente tenía que ver con la frula, pero no entendía qué querías, ¿me entendés?

Bardotto se iba relajando al son de sus palabras. De la rodilla sólo saltaba un borbotón rítmico y periódico, producto del bombeo. Pero la frase lo había agotado. Tomó aire.

—Te hice investigar un poco, cosa de rutina. Y no encontramos nada importante: chico de buena familia un poco encanallado, consumidor habitual, dealer muy ocasional... Ahí saltó tu amistad con este fulano, el dealer.

Estaba recitando una lección bien aprendida y cada tanto miraba al maestro con ojos temerosos, buscando aprobación. Jáuregui pensó que su odio era mucho mayor que ese insecto paticojo y apichonado que se ovillaba a su siniestra. Que su odio había supuesto un objeto más firme, más consistente. Y le resultaba difícil mantenerlo. Pero ésa era una confusión menor. En un momento debería decidir qué hacer con ese bicho sanguinolento. En principio, todo indicaba que tendría que rematarlo. Jáuregui no sabía cómo se hacía. Para eso necesitaba acumular más odio, mucho odio.

—Y ahí lo mandaste matar, hijo de puta.

—No te apurés. ¿Por qué lo iba a hacer matar? Si lo único que tenía contra ustedes era que vos habías venido a espiarme un poquito. Mirá si voy a andar matando gente por algo así, no quedaba ni uno vivo... El problema fue que ustedes quisieron mandarme en cana, y ahí tuve que saltar. Obligado, entendéme, fue obligado.

Jáuregui amartilló de nuevo el 38; Bardotto se tapó la cara con el antebrazo derecho, blanco y muy rojo. Su tono fue plañidero.

—En serio. Perdonáme pero me quisieron hacer una

cama muy fulera. Yo no sé ni me importa qué historia te armaste con el cuento de la Recoleta, eso no me va ni me viene. Pero yo me di cuenta de que me estaban queriendo cagar cuando me inventaron todo ese cuento de que yo te mandé pegar para que la cana me cayera en la clínica y me cerrara la fábrica.

Jáuregui estaba desconcertado. Había un punto en el que había perdido el hilo. Trató de que no se le notara y zarandeó el 38.

—¿Qué boludeces estás diciendo? Primero me mandás los matones para que me dejen pegado con un paquete y después te quejás de que... ¿Quién te dijo que yo te di la cana?

—Sos muy pichón, pibe. ¿Vos te creés que una fábrica como la mía puede laburar sin tener amigos pesados? Mis amigos ahí adentro se enteraron de que ustedes habían armado todo ese bardo para colgarme el balurdo y mandarme a los perros y me lo vinieron a contar. Y ahí tuve que saltar, ¿qué iba a hacer? Fue obligado, en serio, fue obligado.

—Pero antes que eso me mandaste a los pesados...

—No, ya te dije que no. Yo no te mandé a nadie. ¿Por qué te iba a mandar a alguien, por venir a buscarme un poco de roña a la clínica? No, en serio, sacátelo de la cabeza: yo no te mandé a esos tipos, si es que existieron.

Jáuregui se acarició con la mano libre el cardenal del mentón. Existir, habían existido. Bardotto estaba tomando un color peligrosamente tenue. Los borbotones habían perdido todo entusiasmo.

—Pero los tipos lo dijeron muy claro, que venían de tu parte.

—Como si yo te dijera que me manda Mandrake, hermano, en serio.

—Así que ahora me vas a decir que tampoco lo mataste a Fellini.

—No, al dealer lo tuve que hacer matar. Vos y él se estaban poniendo demasiado pesados. Con eso no se juega. No me pueden mandar la cana como si me mandaran fruta, ¿me entendés? ¿Me entendés?

La voz se iba perdiendo por montes y quebradas, al trotecito lento. Bardotto hizo un esfuerzo por levantar la cabeza pero cayó a plomo, con los ojos entrecerrados. Respiraba despacio y tenía una mueca que podía ser de espanto o de felicidad.

—Y la reputa madre que te parió —susurró Jáuregui, entre dientes apretados y labios apretados. Y miró al yaciente, miró el 38, miró el pantano y miró los gritos zancudos. Supo que no quería, o no podía, aunque probablemente debiera. Agarró las llaves, se bajó del auto, las tiró a la maleza. Se calzó el 38 de nuevo en la cintura y empezó a caminar. Tenía cientos de metros por delante antes de poder soñar con un taxi.

Veinticinco

Las alturas de la plaza San Martín estaban rosadas de palos borrachos. Desde las alturas de la plaza San Martín se veía el barranco amarillo de pasto devastado por la falta de agua y, más abajo, la plaza y la torre que fueron de los Ingleses y la estación de trenes. Y, en todo el bajo, un hormigueo incesante de uniformes verdes.

La estación estaba rodeada por tropas del ejército desde días atrás, cuando un tren con cientos de cabezas de ganado fue asaltado con toda suerte de garrotes y cuchillas por una turba de famélicos. Que organizaron rápidos y pantagruélicos asados en andenes, calles y gramilla, a los que acudieron en minutos ciudadanos de toda ralea, que compartieron pitanzas y alegrías con las fuerzas del orden enviadas para dispersarlos. Se decía que el asalto espontáneo había sido organizado por la gente de Lalengua, que ya había obtenido cierta notoriedad por sus pintadas y su participación en otros eventos robinjúdicos.

El festín había durado hasta la caída de la noche, cuando camiones del ejército se presentaron al convite y disgregaron finalmente a la multitud en estado de modorra posprandial. No había habido más de diez muertos, pero desde entonces las tropas mantenían el control del lugar, con la doble función de reprimir cualquier intento carnicero, por un lado y, por el mismo, mantener en ebullición grandes calderos con una sopa confusa que repartían en dosis homeopáticas.

El aire estaba turbio de humos. Los carpones de los

soldados se abrían en busca de una brisa improbable y los uniformes verdes se desplazaban lentos, perezosos, hartos de vigilar a un enemigo que sólo existía a ráfagas. Jáuregui miraba la escena desde lo alto de la plaza, bajo un sol de justicia. Un rato antes había llamado al teléfono de D'Acquila: al escuchar su voz, el acento italiano le recordó de dónde lo conocía. Había arreglado una cita para las cinco, en casa del fulano: el edificio Von Braun, la más alta de las torres de Catalinas. Jáuregui, de pronto, tuvo un hambre incontenible, y sonrió ante la idea de presentarse a pedir una ración de sopa verde oliva. Sabía que era incapaz de hacerlo.

El ascensor del edificio Von Braun entró en feroz batalla con la estabilidad de sus tripas, y ganó. La subida había logrado desacomodarle todos los órganos internos en 2' 8". Por fin, las lucecitas rojas del tablero dejaron de reírse de él y se pararon en el número 25. Era el último piso del edificio. La puerta automática se abrió a un espacio despejado e inundado de luz.

"Bienvenido a la residencia de Andrea D'Acquila." La voz sonó irónica, metálica y sin emisor a la vista. Después, otra voz más lejana empezó a contar en inglés y desencadenó los gritos y redobles del *Rock del reloj*. La atmósfera sonora estaba completa. El ambiente, en cambio, rebosaba espacio.

Desde la puerta del ascensor se entraba a un cuadrado considerablemente más chico que un campo de polo: es probable que sus lados no tuvieran más de veinticinco metros cada uno. De hecho, el lugar ocupaba todo el último piso de la torre. El loft estaba rodeado de ventanas, y las ventanas rodeadas de Buenos Aires. En realidad, Buenos Aires estaba allí como parte del decorado del penthouse de Andrea D'Acquila. La vista, a primera vista, recordaba la última mirada del suicida antes de estrellarse contra el suelo.

El piso era el cemento original, con retazos de moquettes de colores en algunos sectores, y no había paredes. Muebles de metal separaban de tanto en tanto ámbitos distintos, ninguno muy atiborrado: una mesa redonda y descomunal, de vidrio apoyado sobre una roca de basalto, y sillas como asientos de 2cv; sillones y sofás de cuero negro, mullidos y rollizos; un bar de fórmica con avisos de neón colgando sobre la barra y taburetes de cuerina roja; un ámbito-televisión con pantalla de metro y medio y tres divanes bauhaus enfrente; cuatro mesas y sillas blanco hospital con personal computers relucientes y muchos teléfonos alrededor; dos flippers que tintineaban y titilaban y varios otros conjuntos que debían a Maple tan poco como el Banco Mundial a cualquier republiqueta bananera. Y vacío, mucho vacío.

Bill Halley estaba por terminar su vuelta alrededor del tiempo y Jáuregui seguía parado en el mismo lugar, a la salida del ascensor, esperando algo. Sobre el final de la canción, la voz sin cuerpo volvió a manifestarse: "Por favor, camine diez pasos hacia adelante y ocho a su derecha". La voz tenía acento italiano y cada vez más tono de sorna. Jáuregui miró hacia atrás; el ascensor ya se había ido. Con la clara sensación de estar haciendo el tonto se dispuso a cumplir las instrucciones.

Daba sus últimos pasos cuando lo vio. Andrea D'Acquila estaba sentado en un sofá semicircular de cuero negro; vestido no resultaba muy diferente de cuando Jáuregui lo había conocido, desnudo, en el baño turco.

Tampoco estaba excesivamente vestido: tenía los brazos abiertos y apoyados en el respaldo bajo del sillón, las piernas extendidas sobre una mesita de vidrio y una robe de chambre de seda negra con dibujos chinos muy abierta sobre la piel cuidadosamente blanca. Tenía el pelo tan negro suelto sobre los hombros en bucles ordenados y sonreía con la gracia de quien no tiene por qué hacerlo. Con una mano le indicó a Jáuregui que se sentara a su lado.

Bill Halley había cedido la escena a Sarah Vaughan. Jáuregui se sentó en un extremo del sofá con las rodillas más altas que las posaderas.

—Vos lo conocías a Fellini.

—Claro que lo conozco. Nos viste juntos.

—Lo conocías. Lo mataron ayer.

Los rasgos extremadamente regulares del italiano resultaron tan conmocionados como si le hubieran comunicado la destrucción de Pompeya. Aun así, se sintió obligado a hacer un comentario de velorio:

—Qué pena. Va a ser difícil conseguir un proveedor tan serio.

Y dando por terminada la cuestión, gritó dos nombres en voz baja.

Las llamadas Adelfa y Azahar aparecieron de pronto, desde ninguna parte. No medían más de un metro ochenta de carne meticulosamente repartida según cánones de abundancia que completaban las curvas de la Venus de Milo con los músculos del Discóbolo de Mirón. Ni los brazos y hombros musculosos ni el pelo cortado al ras, rubio la una y rojo la otra, alcanzaban para que parecieran dos muchachitos. Estaban pingüemente vestidas con sendos delantalitos de mucama que quizás habrían servido para empezar a tapar las vergüenzas de una fámula pigmea, y eso era todo, si se exceptúa el penetrante olor a sándalo y algalia que también portaban.

Una de ellas, Adelfa o Azahar, se sentó con un suave splash en el regazo del dueño de casa, mientras la otra, Adelfa o Azahar, era despachada a buscar vituallas. Diez segundos más tarde estaba de vuelta con una gran bandeja de plata, que dejó sobre la mesita de vidrio. Había dos vasos de cristal de roca, una cubetera de alpaca, una botella de glennfidish sin desvirgar y un platito de plata con la cocaína suficiente como para afinar a una banda de rock en gira americana. Adelfa o Azahar, desde las rodillas italianas, sirvió dos whiskies y empezó a alinear el polvo blanco. Mucho más allá, la otra Adelfa o Azahar se echó en uno de los divanes abandonados frente a la pantalla gigante donde Mick Jagger casi imberbe cantaba *Honky Tonk Women* mientras la miraba acariciarse con delicadeza los muslos desmedidos. D'Acquila inauguró el pipe line y le ofreció el canuto a Jáuregui con un gesto de príncipe en el exilio:

—Lo que nos queda de Andrés, poveretto mío.

Jáuregui aspiró sin decir palabra, con respeto casi funeral.

—Seguro que quieres que te cuente mi historia.

—Si querés...

Muchos metros más allá, detrás de las ventanas, Buenos Aires se esforzaba por desplegar muchos reflejos de un solo sol. El esfuerzo era patético, y no llevaba a nada. D'Acquila miró a Jáuregui con toda la provocación que le cabía en un solo ojo. El otro estaba tapado por un mechón de ala de cuervo.

—No te hagas rogar.

D'Acquila se sacó de encima a Adelfa o Azahar, que fue a parar a la alfombra, junto al sillón, del lado de Jáuregui. A cuyas pantorrillas se abrazó para empezar a recorrerlo con sus manos pesadas, de uñas largas y violetas.

—No hace dos años que llegué a la Argentina. Llegué con mucha plata. La familia de mi padre tiene mucha plata. Pero hubo un malentendido, un problema allá y yo me tuve que ir. Con mucha plata. Un tipo que conocía en Milano me dijo que en la Argentina con plata se podía hacer cualquier cosa. Yo tenía una idea y me vine. Sólo pensando en el bien del país, ¿capito? Me traje unos millones. Y tú sabes las cosas que se pueden hacer en tu país con unos millones.

Adelfa o Azahar se agitaba cada vez más, allá lejos, para deleite de Mick Jagger que se agitaba en la pantalla grande. Adelfa o Azahar, desparramada al pie del sillón semicircular, mordisqueaba y lamía los dedos de los pies de Jáuregui, ya descalzo. Que por su parte veía cómo la mano italiana se empeñaba en amasar su rodilla sin fines culinarios. El italiano hablaba mirando a Jáuregui a los ojos, como si fuera el único interlocutor posible, como si sólo él pudiera entender lo que estaba diciendo. Jáuregui rehuía cada vez menos la mirada.

—Yo sé de economía y otras tonterías. Toda mi vida me entrenaron para terminar siendo el capo de una gran empresa, ¿capito?; por más que nunca me interesó, terminé sabiendo. Entonces supe cómo llevarme unos millones, y acá supe cómo usarlos. ¿Ves esas computadoras? Acá todas las tardes hay media docena de operadores, de lo mejor, sentados ahí. Desde acá manejamos muchas cosas, capito, muchas cosas.

D'Acquila se levantó agarrando a Jáuregui de la mano. Lo llevó hasta uno de los ventanales, el que daba a la City. A lo lejos se veía algún fuego, columnas de humo, vacío, ruinas de una civilización que nunca fue. Junto a la ventana D'Acquila pasó el brazo por el hombro de Jáuregui. El salto de seda con dragón, desatado, caía lánguido a los costados de su cuerpo.

—¿Ves todo eso? ¿Te lo imaginas en plena actividad? ¿Todos esos pequeños hombres corriendo, desesperados, siempre al borde de la crisis, colgados de un teléfono, de una terminal, de una estafa posible? Desde acá se los ve muy bien, son como pequeñas hormigas, hormigas de un hormiguero que se derrumba, ¿capito?, que alguien pateó más de la cuenta. Son hormiguitas. Y todo lo que se hace ahí en verdad se hace acá, en esas computadoras. Todo.

Jáuregui respondió al abrazo con caricias. Frente a la pantalla, gemidos de Mick Jagger y gemidos de Adelfa o Azahar se mezclaban en un rock a punto de estallar.

—Con unos millones y un poco de maña puedo manejarlos a todos, ¿capito? Bajo el dólar, subo el dólar, las tasas, los bonos, todos esos papeles de fantasía. A veces gano mucho, a veces pierdo mucho, otras veces pierdo mucho a propósito. Pero no me importa perder o ganar. Eso no es lo que me importa. ¿Sabes qué es?

Andrea D'Acquila llevó a Jáuregui hacia la cama. La cama estaba hundida bajo el nivel del suelo, frente al ventanal que daba al este, a la fragata, al río. La cama tenía sábanas con dibujos del Ratón Mickey fornicando con Minnie sobre fondo naranja y los dos hombres se recostaron en ella, la cabeza de Jáuregui apoyada sobre el pecho blanco y lampiño del italiano. Adelfa o Azahar llegó desde el sofá con bebidas y coca y se tendió también. Adelfa o Azahar tenía una lengua desmesuradamente larga y afilada, que se lanzó a humedecer el cuerpo de Jáuregui, a lubricarlo.

—¿Sabes qué es? Quizá no puedas entenderlo. No me importa manejar la plata, la suya o la mía. Me divierte manejarlos a ellos. Todos estos pequeños hombres tan seguros, tan invictos, tan normales y bien instalados. Yo sé cómo hacer saltar por el aire tanta seguridad. Yo puedo hacer que una fortuna de veinte años se disuelva en dos días, ¿capito? Yo sé cómo destruirlos. Me alcanza con poner un millón en unas accciones para que un ejecutivo exitoso se convierta en un desecho. Séneca decía... Séneca, ¿capito?... que lo único que nos permite seguir viviendo es la posibilidad de hacer suicidio, es saber que podemos dejar de vivir si queremos. Pero estas hormiguitas fatuas de allá abajo nunca entendieron, nunca pensaron que podían ser destruidas, nunca se les ocurrió. Yo les enseño, capito, yo les hago entender que su vida tan cuadrada se puede acabar de pronto, en una semana, en dos días, en una hora...

Adelfa o Azahar, la otra Adelfa o Azahar, había terminado ya con Mick Jagger y ahora estaba desvistiendo morosamente a Jáuregui, lamido también, asaltado también, enmarañado también, entregado también a llaves cada vez más tensas con el cuerpo tan blanco del italiano justiciero. El relato, por el momento, había terminado.

VEINTISÉIS

Una de las reglas fundamentales, uno de los cuatro pilares sobre los que se asienta la tortuga del mundo se había quebrado; ese sábado, en la mesa familiar de los Jáuregui, no había puchero.

La señora María Ester Lundqvist de Jáuregui había intentado una explicación exculpatoria en el living de sillones enfundados, antes de pasar al comedor. Por culpa del desabastecimiento no se conseguían choclos ni morcillas ni chorizo colorado, y las gallinas ostentaban una prosapia muy dudosa. Por todo lo cual la señora, decía, había preferido renunciar al puchero antes que preparar una versión menoscabada, degradada hasta límites intolerables.

—Hay cosas que no se pueden respetar a medias —decía la señora, como quien predica desde un púlpito con los bárbaros a punto de desfondar las puertas de la iglesia—. O se las respeta cabalmente o es mejor renunciar a ellas, para preservarlas. Ya vendrán tiempos mejores —terminó, con un suspiro a lo Margarita Gauthier.

Las razones eran atendibles; la noticia, de todas formas, cayó con el estrépito imaginable. Y como si la ruptura de una regla de oro autorizara el quebrantamiento de las demás, como si perdido el primer puesto de avanzada todo estuviera perdido, otras convenciones de muy añeja data fueron cayendo en el marasmo. Ese mediodía, sin ir más lejos, en casa de los Jáuregui se discutió de política en la mesa.

—Este pesceto está excelente, María Ester, no se preocupe. Lo importante es saber adaptarse a los tiempos, no aferrarse a lo antiguo sólo porque sea antiguo. Con ciertos límites, por supuesto.

Dictaminaba el ingeniero constructor de chiqueros modernos bajo la mirada aprobadora de su mujer ante la ley. Que se creyó obligada a ir aun más allá:

—Y quizás terminemos descubriendo que estas nuevas costumbres que nos imponen los tiempos son todavía mejores que las que tenemos que dejar atrás.

—Quizás, Marita, quizás. Pero hay cosas que no se pueden tolerar —dijo la anfitriona.

—¿Qué es lo que no se puede tolerar? ¿Que esa pobre gente que no tiene qué llevarse a la boca se busque el alimento como pueda? Vergüenza debería darnos a nosotros, que los hemos llevado hasta este extremo.

Declaró inesperadamente el coronel, sin perder la prosodia de padre de la patria. Ana, la hermana modelo, salió en defensa de la ley y el orden con un mohín profesional:

—Parece mentira que vos no te des cuenta de que todo eso es un invento de los izquierdistas como ésos de Lalengua, que parece que son los que organizan todo esto para sembrar el caos.

El coronel sonrió con tanto ímpetu como la Mona Lisa:

—Lo que parece mentira es que vos te creas las patrañas que nosotros mismos inventamos para condenar a esa pobre gente.

Jáuregui mordisqueaba sin énfasis el pesceto. Las posturas de su padre no dejaban de sorprenderlo. Ahora iba a resultar que había abrazado la causa de los desamparados.

—Pero así esto no puede durar. Cada vez hay más camaradas de armas dispuestos a salir a la calle para acabar con la rapiña de los especuladores. Al pueblo hay que darle pan; si no, estamos perdidos, el país está perdido.

* * *

El ascensor al cielo volvió a producirle el mismo atracón de tripas, pero Jáuregui no dejaba de mirarse al espejo con coquetería, entregado a una dulce excitación, a un nerviosismo de adolescente a punto de tocar ese timbre tan esperado con un ramo de rosas en la mano. Aunque no llevara rosas.

Cuando se abrieron las puertas de acero del bólido, Andrea D'Acquila estaba parado allí, con los brazos abiertos. Tenía atado a la cintura un paño blanco y largo, de hilo, con una guarda geométrica color terracota. Los dos hombres se abrazaron y se besaron con suavidad, con detenimiento. Después el anfitrión lo apartó de sí con su mano en el pecho y lo miró con humedad en los ojos. Mientras caminaban hacia la cama hundida, gritó los nombres y Adelfa y Azahar aparecieron como del aire.

Ese atardecer, Adelfa y Azahar eran dos adolescentes levemente orientales, con paños blancos pero cortos en las cinturas finas, el pelo negro cortado a lo paje y dos cuerpos a punto de explotar en figuras que hasta ahora sólo se insinuaban. Pezones anchos y oscuros sobre pechos apenas abombados, piernas flacas que empezaban a curvar sus perfiles, pubis lampiños bajo las telas translúcidas. Las dos tenían, en sus caras semejantes, un maravilloso matiz de oligofrenia en la forma de abrir la boca, el labio inferior fino y pintado colgajeando dulcemente sobre la barbilla apenas temblorosa. Adelfa y Azahar, a los pies de la cama con dibujos, masajeaban los pies de los hombres enlazados en un combate suave.

Que se fue haciendo más y más intenso, más y más trabado, más y más espeso, hasta deshacerse en un par de gritos. Silencio y Philip Glass. Adelfa o Azahar llegó entonces con champaña en tazones de chocolate. El italiano derramó el suyo sobre su pecho; Jáuregui se disponía a lamerlo cuando el otro interrumpió su movimiento agarrándolo por los pelos negros y cortos:

—Ayer al final no me dejaste completar mi historia.

—A quién le importan las historias.

Jáuregui se soltó sacudiendo la cabeza y retomó sus lamidas champenoises. D'Acquila lo miraba divertido. Aldelfa o Azahar le acercó el platito de plata con los gruesos capullos. D'Acquila aspiró sin ruido.

—Una de mis víctimas fue Rafael López Aldabe.

Jáuregui levantó de golpe la cabeza y, desde la altura de la costilla flotante, miró en contrapicado la cara marmórea del itálico. Tenía las pestañas largas y tupidas.

—¿Qué quiere decir una de tus víctimas?

—¿No era que no te importaban las historias?

Jáuregui fingió abofetearlo con tanta delicadeza que su mano apenas tocó la mejilla del otro. Que esbozó una sonrisa plácida.

—Hace unos meses yo lo tenía entre los aspirantes. Tengo una lista de aspirantes, ¿capito?, los que resultarán fáciles de operar, según la información que me va consiguiendo mi gente. López Aldabe estaba en la lista:

su banco tenía varios puntos débiles. Bastaba con apretar un poco y se caía, se derrumbaba como los naipes. Justo en ese momento la conocí a Sara en la fiesta de unos amigos. ¿Te gusta Sara?

—Tanto como una araña vestida por Christian Dior.

—No seas celoso. A mí me cayó muy bien, estuvimos aquí algunas veces. Es una mujer llena de fantasía. Un día me habló de unos papeles que tenía su marido, me dijo que no sabía bien qué eran pero que si yo conseguía esos papeles lo tendría en mis manos todavía mejor que con las deudas.

—¿Ella te dijo eso?

—Ella. Al principio hacía como si me lo dijera sin querer, sin darse cuenta. Después se hizo muy evidente.

La cabeza de Jáuregui abandonó el pecho peninsular. El resto de su cuerpo también se incorporó y quedó sentado sobre la cama con Mickeys lascivos en una postura cuasi flor de loto. Adelfa o Azahar se acercó por detrás para masajearle el cuello, pero Jáuregui la rechazó con un movimiento brusco. Detrás de los ventanales, las luces de la ciudad empezaban a titilar contra los grises.

—Así que me puse en campaña para conseguir esos papeles. Primero lo estrangulé con un par de operaciones. En un momento hice bajar las acciones de su banco hasta el suelo y compré un buen paquete. Después conseguí subirlas, de forma que si quería recuperar el paquete tenía que pagar fortunas. Recién entonces le hice saber por un emisario que si las quería yo se las podía vender a un precio más que razonable, muy por debajo del mercado, si me entregaba los documentos de la operación Georgie. El nombre me lo había dado Sarita. El hombre se resistió, pero yo apreté más y lo dejé sin alternativa: o me daba esos papeles o le quebraba el banco y le dejaba todas las cuentas a la vista. Supongo que eso le pareció peor todavía, porque aceptó; además, yo le di mi palabra de que me los iba a guardar para mí, que nadie los iba a conocer, que sólo los quería por placer.

—¿Y te creyó?

—No me importa. No tenía más remedio; además, cuando se lo dije era cierto. Pero ahora ya me aburrí.

—Y te dio los papeles.

—Tardó. Primero me pidió tres meses. Yo le dije que no y el tipo insistió que en menos de un mes y medio era imposible. Aceptó a mediados de noviembre y hace un par de semanas hicimos el trueque de documentos por acciones. Curioso, ¿no?

Jáuregui se encogió de hombros y estiró la mano hacia el platito de plata. Después de jalar preguntó por los papeles.

—Los quieres ver, ¿eh? ¿Y yo qué gano?

—Algo debés ganar en todo esto. Si no, no me habrías contado toda la historia.

El italiano sonrió con un dejo de afecto. Seguía echado en la cama, con los pelos flotando sobre una nube de almohadones.

—A veces, sólo a veces, uno diría que hasta eres capaz de pensar.

Con un gesto mandó a Adelfa o Azahar a buscar una carpeta que estaba veinte o treinta metros más allá, sobre la barra de fórmica, bajo los letreros de neón verde que ofrecían cerveza budweiser. Adelfa o Azahar la trajo apretándola contra su pecho, como una escolar a la salida del liceo. Andrea se la ofreció a Jáuregui:

—Es más interesante que cualquier cosa que te puedas imaginar.

Jáuregui la abrió, desparramó sobre la cama varios clasificadores de plástico con hojas mecanografiadas y empezó a leerlos. D'Acquila estuvo un rato mirándolo, espiando sus reacciones, hasta que se aburrió, se dio media vuelta y, panza abajo, recibió un masaje concienzudo de Adelfa o Azahar, sentada a horcajadas sobre él. Sus cuerpos olían a esencia de sándalo.

Jáuregui, tras largo rato de lectura, fue reconstruyendo la historia: hacia fines de 1977, o principios del 78, Mr. Herman Bartleby, representante en Buenos Aires de un centenario banco londinense, visitó a Rafael López Aldabe con una propuesta extraordinaria. Lo autorizaba, dijo, a hacérsela, la lejana ascendencia británica del argentino y "algunas averiguaciones que espero sabrá usted disculpar". El contenido de la entrevista constaba en la carpeta: era la transcripción a máquina de una grabación, probablemente secreta, que López Aldabe había hecho para cuidarse las espaldas. Allí el inglés, tras circunloquios que incluyeron una referencia a la antigua vecindad de ambas familias —la suya provenía de Camden—; la del otro —los Burroughs— de Stockton, pueblos ambos del Middlesex, y amplios comentarios sobre la práctica del rugby colegial y la época ventajosa que el régimen de entonces abría para ciertos negocios bilaterales, sometió al argentino la propuesta que traía entre manos.

En síntesis, Bartleby proponía a López Aldabe que, utilizando sus numerosos y bien situados contactos en los más diversos ámbitos, encarara por cuenta del gobierno de Su Majestad la construcción de voluminosos depósitos de combustible en un área retirada —el cabo Desencanto, precisó, como si el nombre significara algo— de las islas Georgias.

El Foreign Office, se explayó Mr. Bartleby, seguía con preocupación ciertos movimientos en el seno de las fuerzas armadas argentinas. Y había datos que le hacían pensar que la hipótesis de un alocado ataque en el Atlántico sur no era "tan descabellada como todos quisiéramos creer". Ante tal circunstancia, dijo, "y para evitar males mayores, estamos interesados en la instalación de estos depósitos, que servirían de repostadero para que nuestras fuerzas pudieran llegar, en tal caso, a un rápida solución de cualquier inconveniente, que evitara inútiles derramamientos de sangre".

Era obvio que la gestión no podía ser emprendida por fuerzas de Su Majestad sin despertar enojosas suspicacias en Buenos Aires. Y como el proyecto tenía fines eminentemente pacíficos y preventivos, nada más inconveniente que herir cualquier susceptibilidad, aclaró Mr. Bartleby. Por eso se dirigía a él —Rafael López Aldabe—, quien tenía a su alcance los medios para que la operación pasara inadvertida, llevándola a cabo con la colaboración de los barcos chatarreros que navegan en el área. Obviamente, se necesitaría también un mínimo apoyo logístico de militares argentinos; Mr. Bartleby dejaba a la discreción de su interlocutor el cuidado de elegirlos e interiorizarlos del proyecto. Que sería, como es lógico, sólidamente recompensado por Su Majestad: se habló, en esa primera conversación, de honorarios cercanos a los quince millones de dólares.

Según la desgrabación, López Aldabe, tras pedir algún detalle complementario, prometió que estudiaría la propuesta. Un documento fechado quince días más tarde daba cuenta de su aceptación.

La construcción estuvo terminada a fines de 1978. En esos días, aprovechando la relativa bonanza del verano austral, dos grandes tankers colmaron los depósitos con miles de toneladas de carburante para buques de guerra. López Aldabe, entonces, cobró los quince millones, que depositó en bancos de Zurich y Nueva York.

Según fotocopias de documentos e informes manuscritos, la información llegó del comando en jefe argentino dos años más tarde. Ese conocimiento fue la razón de que las operaciones en el Atlántico sur se iniciaran con la ocupación de la pequeña isla, en una maniobra que dejaría sin combustible de repuesto cualquier intento de respuesta británica. Por eso también se dejó allí un cuerpo de combatientes de elite; por eso, sin duda, la flota expedicionaria inglesa tuvo a las Georgias como su primer objetivo; por eso, por último, la decepción del comando argentino cuando supo que el cuerpo de defensa se había rendido sin combatir y, lo que fue mucho peor, sin cumplir sus órdenes de volar a cualquier precio los depósitos. El comando ordenó que todo el episodio se silenciara; hay quien opina —decía otro informe— que el precio de ese silencio fue la absolución del jefe del grupo de elite en otras causas que tenía pendientes con la justicia.

Jáuregui dejó los papeles sobre la sábana de Mickey Mouse y miró a D'Acquila con ojos desorbitados. Durante toda la lectura, Adelfa o Azahar no había dejado de avanzar lentamente en sus manipulaciones, y ahora estaba en plena dedicación a los glúteos del italiano. La oriental era tan meticulosa como un carterista de tango.

—Esto es demasiado fuerte.

Andrea lo miraba con sorna, como si no pudiese entender que el chico no terminara de memorizar la tabla del cuatro. Con una mano acarició la mejilla de Jáuregui, que inclinó la cara hacia su propio hombro, para aprisionar la mano. El itálico le habló con caída de ojos.

—¿Te parece que te estoy mintiendo?

—Yo no dije eso.

—Pero lo has pensado.

—Ni lo pensé. ¿Pero por qué te iba a dar unos papeles tan pesados?

—Es muy simple, caro, hasta tú tendrías que entenderlo. Porque si no me los daba iba a la quiebra en dos semanas.

—Pero con esto también podés llevarlo a la ruina cuando quieras.

—Le prometí que no. Le prometí que iban a seguir siendo secretos, que los quería para mi disfrute personal. Como ahora.

—Y le mentiste.

—No. Te los mostré porque Sarita me lo pidió, y porque tenía ganas. Pero es lo mismo. Los papeles los sigo teniendo yo. Y a ti, digas lo que digas, nadie te va a creer nada.

—¿Creerme qué?

—Si vas y cuentas esta historia de locos, caro mío. ¿Capito?

—¿No me estás diciendo que no la puedo contar?

—Te estoy diciendo que nadie te va a creer.

La mano de D'Acquila había bajado a lo largo del

cuerpo sólido de Jáuregui. En medio del camino se había encontrado con la de Adelfa o Azahar, que subía; entre ambas se aferraron al miembro argentino con firmeza de náufragos. Jáuregui no despreció el convite. En la esquina más lejana de la cama, recostada sobre un codo, la otra Adelfa o Azahar leía con lentitud el manual de Historia Argentina de José Cosmelli Ibáñez.

—Lo que no entiendo es por qué te dijo que necesitaba un par de meses para darte los papeles.

D'Acquila y Jáuregui descansaban en la gran bañadera de mármol que marcaba el centro geográfico del loft. El recipiente estaba instalado sobre una tarima forrada de terciopelo negro y era más chico que una pileta olímpica. En el agua espumosa había veleros a escala, un clipper de los que hacían la ruta del té a fines del siglo XIX con las velas desplegadas y un *Titanic* rodeado de media docena de botes salvavidas. Los bañistas estaban recostados contra el borde tallado; fuera del agua, inclinadas sobre ellos, Adelfa y Azahar los enjabonaban con mucho olor a romero.

—Estaría ganando tiempo, viendo si podía salvarse de otra manera.

—O quizá los tenía encanutados en una caja de seguridad, o fuera del país, y necesitaba ese tiempo para conseguirlos. Yo no tendría esos papeles en la mesita de luz.

—Tú nunca podrías tener papeles así.

Jáuregui lanzó una mano por debajo de la espuma hacia la línea de flotación del italiano, que se corrió fuera de su alcance.

—¿Y cuándo me dijiste que le habías pedido los papeles?

—Ya te lo dije. A fines de noviembre.

—¿Y te los dio?

—El ocho de enero. Ese día vencía el plazo, y te juro que ya tenía todo listo para borrarlo del mundo de los negocios.

En algún lugar de la inmensidad vidriada sonaron diez campanadas de un reloj de péndulo. D'Acquila se sobresaltó.

—¡No me digas que ya son las diez!

—Probablemente.

El italiano salió del agua con desparramo de cientos de gotitas. Adelfa y Azahar corrieron a secarlo.

—Ahora, si me perdonas, me tengo que ir. Tengo un compromiso.

Jáuregui intentó contestar algo. Habría querido quedarse. En realidad, habría querido quedarse días y días.

—No te apures, termina de hacer tu baño. Sólo necesito que te vayas antes de la una.

D'Acquila se puso un pantalón ancho y crudo y una camisa blanca que brillaba como una propaganda de pepsodent. Ya calzándose, a pocos pasos de la bañera, dijo como al descuido:

—Ayer no me preguntaste cuál fue el problema que tuve en Italia, por qué he venido para acá.

—Vos me lo dijiste, una historia financiera.

—Yo no te dije eso.

—¿No?

Jáuregui se sentía súbitamente cansado, humillado. Lo último que quería era que el otro le siguiera contando historias. "Andáte antes de la una, tengo un compromiso." Más bien hubiera preferido pegarle, o rogarle.

D'Acquila se inclinó sobre el platito que le tendía

Adelfa o Azahar y aspiró tres gusanos bien formados. Después empezó a caminar hacia el ascensor.

—No. Vine cuando me dijeron que tenía el sida. No quería que mi gente viera cómo iba cayendo en el final.

Jáuregui intentó decir algo, pero el ascensor ya había cerrado sus puertas de acero brillante, macizo. Esa noche no sería una buena noche.

Veintisiete

Varias veces, durante la tarde del domingo, estuvo a punto de descolgar el teléfono para llamar a Andrea D'Acquila. Encontraba excusas, justificaciones, a cual más imbécil: necesitaba algún dato complementario sobre los papeles de López Aldabe, no había visto la ciudad desde la torre a plena luz del día, le intrigaba quiénes serían ahora Adelfa y Azahar. Sabía que ninguna de las excusas valía un alpiste, pero no sólo por eso no llamaba. D'Acquila había sido claro —"andáte antes de la una"—, él no había sabido cómo contestar y ahora el papel de colegiala enamorada le quedaba grande, o chico, aunque quizás en algún momento de los días anteriores hubiese pensado que podía adaptárselo a su medida. Pese a lo cual seguía sin creerse la historia del sida; él había visto enfermos de sida, y no tenían el aspecto mórbidamente sano del itálico. No ese pelo tupido y brillante, no esa vitalidad, no ese brillo oscuro en los ojos almendrados. Debía ser otro invento para sacárselo de encima, para desalentar cualquier retorno.

José Feliciano cantaba boleros como si, a falta de otras visiones, le hubiera visto una tarde la cara a Dios y no pudiera recuperar la imagen. "Sé que tu cariño ya no es sincero", proclamaba, en falsete. Jáuregui decidió que ya era suficiente, que estaba empezando a sobreactuar. Con thinner y un trapo rejilla disolvió las manchas de pintura del cementerio de soldaditos; los colores se fueron combinando en un desesperado estallido tornasol antes de desaparecer.

Jáuregui guardó los restos de plomo, piernas, cabezas, casacas y galones dentro de una caja de lata, preguntándose por qué no los tiraba. El libro de uniformes estaba abierto en una página embellecida por una mancha azul cobalto. La ilustración mostraba un tártaro de Gengis Khan, mucho cuero con flecos y el escudo redondo y tachonado sobre un pony de crines largas y grasientas. "Un ejército que resultaba invencible por la velocidad con la que atravesaba los desiertos", leyó, "un ejército que podía cabalgar durante días y días sin detenerse, sin hollar casi el suelo que pisaba, como si no fuera de este mundo".

Salió poco antes de las siete, asfixiado por el calor que no terminaba de hundirse en el río, con la esperanza de que un poco de viento en la cara le cambiaría las ideas. La norton estaba en el garaje, con las ruedas sucias de barro y un tajo en el cuero del asiento. No había nadie a mano para hacerle un escándalo. Jáuregui se resignó a postergarlo y se montó en la máquina. Con un bluyín gastado y una camiseta blanca parecía casi joven: en realidad, siempre había parecido más joven que su edad; había atardeceres en que esa máscara le iba resultando insoportable. Aceleró y salió al sopor del domingo.

Subió por Pueyrredón hacia Corrientes y dobló a la izquierda. La avenida estaba desierta y los semáforos se mantenían en rojo invariable. Había días, había domingos, en que Buenos Aires parecía el recuerdo de un sueño ajeno, el vacío de una mirada ciega. Otros días, en cambio, Buenos Aires era como el anticipo de una pesadilla propia. Jáuregui aceleró hasta que no hubo más espacio, hasta que no pudo tragar nada más.

Paró en la esquina de Callao con un asombro improbable, como si hasta ese momento no hubiera sabido adónde estaba yendo. Dejó la moto encadenada a un árbol en la esquina del Ciervo y caminó hacia La Academia. En las paredes había pintadas nuevas, con aerosol rojo, que brillaban como esmalte de uñas en un prostíbulo barato: "Lalengua traidor enemigo del pueblo"; "Lalengua sos cadáver"; "Lalengua al paredón popular". Las amenazas no estaban firmadas. Bajo una de las ventanas de La Academia, una pintura negra y otra letra anunciaban que "Lalengua ya pagó". Junto a la frase, un gran ojo muy abierto estaba a punto de rodar sobre una línea de trazo inseguro.

Jáuregui entró al café. Las aspas de los ventiladores se movían como si el aire fuera esponja y ni siquiera se oía ruido de generalas. Al fondo, entre veinte mesas de billar vacías, tres hombres jugaban bajo la luz solitaria de un farol acampanado. En el salón delantero una señora oronda con joyas de utilería tomaba un café con leche que convidaba en cucharita a su canino miniatura. Y no había nadie más. Ferrucci, aparentemente, había abandonado su trinchera.

Jáuregui se acercó a la mesa que solía ocupar el oráculo. En el suelo, junto a la pata de las sillas vienesas, un libro de tapas pardas sobre la propaganda de masas y una libreta de tapas de hule negro nadaban en un mar de papelitos dorados de cremitas de coco lheritier. Jáuregui se acercó a la barra y le preguntó por Ferrucci a un mozo gordo y avejentado, de piel cacao. Con lentitud riojana, el gastronómico le dio su informe:

—¿El señor de los caramelos? Estuvo ahicito, hasta hace un rato nomás. Vinieron unos señores y él se fue con ellos. Pero no parecía que quería irse, pobre alma.

Dicho lo cual siguió gastando con su trapo la fórmica del mostrador, como si su interlocutor se hubiera disuelto en el aire. Jáuregui, tras tres o cuatro intentos, desisitió de conseguir más precisiones y se fue hacia la calle. Finalmente, no era su problema.

Claudia Sahid estaba tostada por el sol de Villa Gesell, que deja manchas verdosas en la piel de sus cultores y, de todas formas, ni el más perfecto bronceado caribe hubiera servido para conmover a Jáuregui. La había encontrado en su departamento, al volver de La Academia, después de decidir que el mundo no tenía nada que ofrecerle y que a lo sumo, la televisión sería su último salvavidas para esa noche de domingo.

La psicóloga seguía empeñada en usar la ropa de una hermanita menor; esta noche, la pollera era medio metro demasiado corta y las sandalias de cuero atadas con tiritas a la pantorrilla le amorcillaban la carne comprendida entre vuelta y vuelta de las tiras. Cuando la vio, Jáuregui pensó en echarla sin más contemplaciones. El primer movimiento fue de cólera y después, con la resignación, exhaló un suspiro de elefante desterrado. No debía haberlo hecho. Claudia Sahid no necesitaba tanto para sentirse convocada a otra jornada Florence Nightingale; lo miró con todo el amor de que es capaz una tía abuela y le preguntó qué le pasaba en voz muy suave.

—Me usaron.

—¿Para qué te usaron?

—Qué sé yo para qué, para cagar a alguien, para mandar en cana a López Aldabe, qué sé yo.

Jáuregui se mostraba tan dispuesto al diálogo como

un gerente de personal en plena huelga general revolucionaria. Aunque, por otro lado, quería hablar:

—Y yo entré como un boludo... Como un boludo. Pero no se la van a sacar de arriba, sabés. No se la van a sacar de arriba.

—¿Pero para qué te usaron, Matías, cómo vas a poder cagarlo vos a López Aldabe?

—Difundiendo una historia, la historia que me enteré ayer. Ellos querían que se supiera y se les ocurrió que yo era el boludo ideal para difundirla...

—¿Ellos? ¿Quiénes son ellos?

—Ellos. La mujer de López Aldabe, el tano ese de mierda, ellos.

—¿Y para qué?

—Y yo qué carajo sé, Claudia, ¿no te das cuenta? No sé, no me rompas las bolas.

Jáuregui estaba sentado en uno de los silloncitos de su living manoseando un cigarrillo, sin decidirse a encenderlo. Sahid, en el brazo del sillón, trataba de acariciarle la cabeza. Le gustaban estas situaciones, cuando Jáuregui dejaba de aparecer como un galán recio de película argentina para caer en la confusión, en el berrinche del chico que no sabe si quiere un helado, una bicicleta o irse a dormir. Era entonces cuando podía resultar necesaria.

—¿Y vas a contarla?

—Yo qué sé.

—Precisamente, lo atractivo de los detectives de las novelas es que van por ahí diciéndole a cada uno lo que todos quieren decirle, pero nadie se atreve.

—Será.

—¿Será que te hacés el detective para ver si podés

decirle algo que te cuesta mucho decir a alguien que por alguna razón te importa, mudito?

Dijo la psicóloga con voz acariciante. Jáuregui la habría acogotado.

Veintiocho

Primero fue el golpe de calor en la cara y, enseguida, la extrañeza de ver a la rubia de colección sudando como un leñador saharaui. Goterones corrían por su cara, virándole perversamente el maquillaje al tono torta, y goterones por el cuello, que habían hecho de su blusa blanca un paño húmedo donde se inscribían en oscuro los pezones trazados con compás. Siglos de cultura british, however, le habían dado la flema suficiente como para no resoplar ni apantallarse cuando dijo buenos días como si lo fueran.

—¿Se descompuso el aire?

—Estamos sin corriente desde el viernes. Y el generador está fallando. Lo único que todavía anda es el ascensor —dijo la rubia con un cuarto de boca—. Supongo que querrá ver al doctor López Aldabe.

Jáuregui no tuvo tiempo de contestar.

—El está muy ocupado. Tengo órdenes de no molestarlo en toda la mañana.

—Quizá si le decís que Jáuregui quiere hablarle del combustible de las islas...

López Aldabe no hizo siquiera ademán de darle la mano. Extendió el brazo para indicarle el camino hacia la silla y dijo pasá como si lo estuviera insultando en arameo. Jáuregui se sentó frente al gran escritorio de bosque escandinavo. Cuando López Aldabe se instaló en su butaca, del otro lado de la madera, y empezó a mirarlo, Jáuregui supo que en cualquier momento saldría de la pared un foco de mil watts apuntándole a la frente, o algo peor. López Aldabe tardó casi un minuto en rugir:

—¿Qué carajo es el mensaje que me mandaste?

Jáuregui titubeó antes de contestar que no le había mandado ningún mensaje.

—Recién, con Cecilia, che, no te hagás el boludo.

—Ah, se llama Cecilia.

El calor había derretido la máscara de procónsul romano de López Aldabe y ahora tenía la cara vulgar y despreciable del fullero sorprendido con los cinco ases: una cara porteña. Sus ojos echaban rayos turbios, que se diluían en la semipenumbra de la oficina sin electricidad. Jáuregui se preguntó qué ganaría con su enojo. Se contestó que poca cosa. Cierto placer irresistible.

—No te excites, Rafael, que este momento es único, irrepetible.

—Por qué no te vas un poco a la puta que te parió.

El doctor se inclinó sobre el intercomunicador antes de recordar que era inútil y lanzar un grito selvático: "¡Cecilia!". La así llamada apareció al instante, trayendo consigo un complejo perfume de esencia de tigre marino y una mueca contrita en los labios de rubí industrial.

—¿Doctor?

—No pongas esa cara y preparáme un bloody mary.

La chica ideal se retiró sin palabras y volvió poco después con un vaso lleno de pulpa roja. Entre tanto, en la oficina había reinado un silencio de miradas huidizas, tan agradable como la carcajada del guasón agonizante. López se tomó el brebaje de un trago ruidoso. Después, chasqueó los labios.

—Empecemos de nuevo, Matías. Parece que tenés

información que me puede interesar, ¿no es así?

Era una pregunta cuya respuesta ya estaba clara. Hacía falta precisarla:

—Decíme exactamente qué sabés.

Jáuregui le contó la historia de los depósitos de combustible con tono lánguido, como si no importara. López Aldabe lo escuchaba en una postura cada vez más semejante a Quasimodo. Cuando tuvo que hablar, las palabras le salieron de a una en fondo, como si nunca las hubiera dicho antes:

—¿Y puedo saber cómo te enteraste de todo esto?

—Me parece que ya te conté demasiado.

—Habrá sido el hijo de puta ese; da lo mismo. Por supuesto, no tenés ninguna prueba de lo que estás diciendo.

—¿Te parece?

Al doctor López Aldabe ya no le parecía nada de nada. Miró hacia el vaso vacío, pero tampoco el vidrio le fue de gran ayuda.

—Y aunque no tuviera pruebas, imagináte lo que se pueden divertir tus clientes cuando lo lean en los diarios.

—¿Qué querés, Matías? Querés plata.

—Por ahora quiero saber. ¿Esos papeles estaban escondidos en el cajón de la abuela, no? Por eso los hiciste robar, cuando no tuviste más remedio que entregarlos, ¿no? Claro, seguramente no podías abrir el cajón sin que los demás nietitos se enteraran y empezaran a pensar, ¿no?

—Así que fue el tano...

—Lo que no entiendo es lo que pasó con los otros dos muertos... ¿Para qué se los hiciste robar a Gabilondo?

¿Para que nadie sospechara cuando desapareciera tu abuela?

Rafael López Aldabe parecía un pescado rabioso. Mudo, como todo pescado.

—¿Y por qué justo esos dos? ¿A quién se le ocurrió que fueran esos dos?

El doctor se paró detrás de su barricada de madera y se alisó el traje gris muy claro como si pudiera borrar otras arrugas. Después se pasó una mano por el pelo entrecano, suspiró tipo Jorge Barreiro y se apoyó en el escritorio para resultar convincente:

—Matías, me parece que hemos llegado a un punto en el que se impone que colaboremos. Tu historia me interesa, puede que sea cierta o no, pero es como vos decís, no me puedo dar el lujo de que la gente llegue ni siquiera a sospecharla. Así que vayamos por partes: ¿qué pensás hacer con la historia?

—¿Por qué le diste los papeles al tano?

López Aldabe ensayó un gesto de resignación que habría necesitado un punto más de judaísmo.

—Porque era la única manera de no ir a la quiebra.

—Pero te exponías a algo mucho peor.

—El me aseguró que no los iba a publicitar.

—Y vos le creíste.

—Quise creerle. No tenía más remedio.

—Pero estás en sus manos.

—Menos que antes. Además él no gana nada con difundir esa información.

—Reventarte. Para él no es poco.

—No, si la difunde pierde, ya no me tiene agarrado. Le conviene tenerla pero no usarla, manejarme con la amenaza.

—Vos no conocés a D'Acquila.

Jáuregui se dio cuenta de que su tono había resultado más melancólico que amenazador. López Aldabe, de todas formas, no estaba como para registrar matices:

—Te lo pregunto una vez más: ¿qué pensás hacer con la historia?

—La voy a difundir.

—¿Me vas a reventar?

Los ojos claros de López Aldabe se entrecerraron como si, en alguna parte, viera finalmente la luz. Jáuregui notó el cambio pero no pudo entender la causa.

—Por esta historia murió gente, murió un amigo mío. Fellini, por ejemplo.

—Ese tipo murió por culpa tuya.

Jáuregui sacó un cigarrillo y no ofreció. Seguía sin entender la nueva táctica.

—...murió por tus errores. Vos inventaste a Bardotto, que no tenía nada que ver.

—Pero Bardotto lo hizo matar.

—Porque vos lo metiste en el asunto, y el tipo tuvo que reaccionar.

—El se metió en el asunto. El mandó a los tipos a mi casa y me dejó la coca para mandarme en cana.

—A esos tipos los mandé yo.

De pronto, Jáuregui entendió que la rubia de colección no sudaba porque sí. Decididamente, en esa oficina hacía un calor insoportable.

—Y al dealer ese lo mató la gente de Bardotto porque vos lo apuraste, Matías. El tipo se sintió acosado y reaccionó. Fue totalmente tu culpa, no trates de echársela a nadie más.

—¿Mi culpa? Como si yo hubiera empezado todo esto...

Jáuregui se dio cuenta de que no podía regatear culpas. Ese camino no llevaba a ninguna parte. López Aldabe también lo sabía.

—No vamos a discutir esas tonterías. Tu historia vale plata y yo estoy dispuesto a darte plata. Te puedo hacer ahora mismo un cheque garantizado por treinta mil dólares, al portador, del National Bank de Filadelfia. ¿Te conviene?

El doctor había recuperado el porte patricio. Estaba otra vez en su salsa, comprando y vendiendo todo aquello que se pudiera comprar y vender, es decir: todo. Por momentos, mientras hablaba, su mano derecha se lanzaba en un vuelo de orador de cuarta. A juzgar por su aspecto, se lo notaba seguro de que en pocos minutos le comunicarían que acababa de ser elegido senador por Nebraska. Pero, súbitamente, bajó el tono, lo hizo casi confidencial, inclinó la cabeza robada al mármol:

—Además, no serías el primero de tu familia en sacar dividendos de este negocio.

Jáuregui encendió un rubio. El temblor se le notó muy poco. Ya se estaba imaginando la continuación:

—A tu viejo no lo echaron el ejército por vos. Lo echaron cuando se enteraron de que había estado metido en esto. Te imaginarás que un negocio así no podía hacerse sin cierta ayuda, digamos, colaboración. Y con tu padre siempre hemos sido muy amigos y hemos compartido muchas cosas, Matías, cantidad de cosas. Pensá en él, también, antes de meterte en líos.

Jáuregui apagó el cigarrillo en la moquette bordó. Para su sorpresa, no salió humo. Se paró; ya no podía seguir sentado. Cuando habló, tenía los dientes muy apretados:

—¿Y tu mujer? ¿Vos sabés qué hace tu mujer con

Andrea D'Acquila? ¿Vos sabés que hizo todo lo posible para que yo descubriera toda la historia?

El doctor Rafael López Aldabe se encogió de hombros y miró hacia la ventana. La luz del sol le perló las gotas de la frente. Tardó en contestar.

—Acá tengo la chequera. Te hago tu cheque y acá no ha pasado nada. ¿Treinta mil está bien?

Abrió una pluma negra, una chequera gris y garrapateó el cheque casi sin mirarlo. Con los ojos perdidos todavía se lo extendió a Jáuregui por encima del escritorio. Jáuregui lo agarró, lo miró, lo dobló y se lo guardó en el bolsillo de atrás del pantalón. Pensó que tenía que tener cuidado de que la transpiración no lo borroneara y lo cambió de bolsillo. Estaba por irse cuando la voz del doctor resonó grave y sugerente:

—Y espero que esto sea todo, Matías. No me obligues a hacer nada que no querría hacer. Acordáte de que los dos queremos mucho al coronel. ¿Entendido?

Jáuregui ya estaba a medio camino de la puerta cuando se dio vuelta.

—Una sola pregunta, Rafael. ¿Qué pasó con el cuerpo de tu abuela?

El banquero se sonrió ligeramente, como si no quisiera invertir demasiado en esa sonrisa.

—No te preocupes por ella, Matías. La enterramos muy cristianamente en el parque de la Clínica del Buen Pastor.

Veintinueve

Jáuregui estaba sentado frente a un plato enorme donde una milanesa un tanto chamuscada luchaba por la supervivencia contra un batallón de legumbres de los más plásticos colores, cuando le entró el asco. Estaba instalado en la vereda de la Recoleta, bajo una sombrilla blanca, y del otro lado del muro los cadáveres ilustres parecían dispuestos a no moverse nunca más de los lugares asignados por la historia. Jáuregui bebía chardonnay muy frío, inaugurando el festejo por el éxito de su tarea. Tenía el cheque bien apretado contra el muslo derecho, la satisfacción del deber cumplido y una agradable sensación de uva fresca en la garganta, pero el asco fue más poderoso. A su lado comían con parloteos cuerpos tostados por los soles más caros y Jáuregui empezó a indignarse ante visitante tan inesperado, tan de piedra convidado, tan inoportuno, pero no hubo caso. El asco acompañaba cada viaje del tenedor triunfante hacia las fauces, cada reflejo del sol en los verdes y amarillos del vino, cada pensamiento sobre la posibilidad por fin alcanzada de reinstalarse en España.

Próceres, padres de la patria, se decía Jáuregui. Henchidos de palabras, se decía, Y mi padre, se decía. Hasta que el asco dejó la milanesa a media asta, llamó al mozo, pagó la cuenta en efectivo, se levantó y buscó un taxi con movimientos bruscos.

El Florida Garden estaba parcialmente desocupado porque buena parte de los parroquianos estaba media cuadra más allá, por Paraguay, comentando los moderados destrozos de una bomba en una casa de cambio. Por alguna razón, ya hacía tiempo que las bombas estallaban con calma, casi con dulzura, como si temiesen herir a nadie y prefirieran presentarse como un simple efecto de discurso, apenas un signo de puntuación desprovisto de cualquier intención seriamente malévola.

—Quizá sea por la crisis —dijo el periodista—. ¿Vos alguna vez hiciste el cálculo de lo que puede estar costando hacer una bomba en serio, que explote de verdad y reviente lo que haya?

Carlos Zelkin no era de los clientes que se desbandaban a la primera provocación. Estaba allí, sólidamente instalado en una mesa del medio, solo pero con restos de compañía recién disgregada. Jáuregui, parado junto a su mesa, lo miró sonriente. Zelkin estaba vestido de primera comunión.

—Qué tragedia, Zelkin, hace tiempo que no se lo veía así.

—¿Vos escuchaste hablar del diputado Goldoni?

—Jamás.

—Por eso. Ahora vas a escuchar.

—¿Y eso qué tiene que ver?

—Que el diputado Goldoni ha decidido que el país lo necesita, y que para que se dé cuenta primero tiene que conocerlo. Yo me encargo de eso. Inventarle noticias, rumores, pagar periodistas para que hagan notas, fotos, el circo habitual.

—¿Y de qué partido es el tal Goldoni?

—Liberal popular.

—Los tuyos de toda la vida.

—Los que pueden pagar bien estos servicios.

Jáuregui se sentó sin perder el relumbrón de la cargada. Zelkin estaba impecablemente afeitado, usaba un traje claro de galán de telenovela, olía a campos en flor y sonreía como si hubiera querido estar en Sri Lanka. Jáuregui estaba dispuesto a perdonarle la vida.

—De algo hay que vivir. ¿Y te fuiste de tu diario?

—No, al contrario. Ahora me tratan mucho mejor.

—Estás de suerte. Yo vengo a pagarte mi deuda.

—No me digas que descubriste algo sobre los cadáveres.

—Algo.

Zelkin se aflojó el nudo de la corbata y prendió un particulares. La camisa le había dejado una marca roja en el cuello lechoso. Habitualmente era tan grácil como un estibador de puerto chico, pero cuando quería jugar a los muchachos de la prensa era bastante peor. Los parlantes de música funcional emitían *Papirotes*: "...esa leche con burbujas / que bebimos en Campeche...". Decididamente, la compañía había apostado fuerte. Dorio desafinaba poco. Jáuregui se aclaró la voz como si tuviera que hablar ante nutrido auditorio y se lanzó a largo relato.

Media hora y tres cervezas más tarde la historia estaba contada. Jáuregui no había dicho nada sobre su padre, pero algo se le debió notar.

—Te imaginarás que no puedo publicar un brulote de este calibre sin tratar de chequearlo...

—Tratá. No sé cómo te las vas a arreglar. Pero podés creerme mil por mil.

—Además, hay algo que falla, corazón. Una operación así no se puede hacer sin tener gente adentro, en la marina o el ejército.

—Había, pero de eso no puedo decirte nada.

—Pero justamente ahí está lo más fuerte de la historia. Imagináte, no es lo mismo hablar de la traición —la palabra traición le bailó en los labios y en los ojos de conejo—, de la traición de un banquero que de la traición de oficiales de las fuerzas armadas.

—Seguro, pero ya te dije: eso no se toca.

—Yo podría enterarme por otro lado.

—Te pido que no lo hagas.

—¿Por qué?

—Porque me cagarías la vida.

—¿Por qué?

—Por lo que sea, Carlos, te pido que me respetes esa parte.

—Te darás cuenta de que no puedo prometerte nada.

—No seas pelotudo. Tratá de jugar limpio por una vez en tu vida.

—¿Yo?

Se quedaron en silencio. Zelkin intrigado por esa zona oscura, y el ardor que Jáuregui ponía en que siguiera siéndolo. Jáuregui pensando que el otro probablemente tendría forma de averiguarlo. Al fin y al cabo, si lo averiguaba por su cuenta no era su problema. Y cada uno tenía que hacerse cargo de sus agachadas. Incluso el coronel.

—No me cagués, Zelkin. Es todo lo que te puedo decir. Pero no estaba muy seguro de qué quería decir con eso.

Treinta

Cuando escuchó los golpes en la puerta, Jáuregui, recién bañado, con una toalla azul anudada a la cintura, estaba sentado en el silloncito de su living frente a una botella de whisky y los fuegos de media docena de velas desparejas. El apagón seguía oscureciendo buena parte de la ciudad, y Jáuregui se sentía casi satisfecho. Después de todo, había hecho bastante más de lo esperado. Probablemente nunca conseguiría cambiar el cheque, que había quedado en el bolsillo del pantalón, en el suelo del baño; seguro que Andrés nunca resucitaría, y él tenía de ahora en más un par de enemigos de cuidado, pero ni Rafael López Aldabe ni el coronel Jáuregui ni tantos argentinos se olvidarían en mucho tiempo de la historia de los cadáveres de la Recoleta y los depósitos de combustible inglés en el Atlántico sur. En mucho tiempo.

Los golpes sonaron varias veces más. Por la mirilla, Jáuregui vio a Sara Goldman de López Aldabe que daba media vuelta, y por un momento pensó en dejarla ir. Pero tenía ganas de que alguien le festejara sus logros, y ella parecía la persona indicada. Abrió la puerta.

Sara Goldman no pareció sorprenderse de su atuendo minimalista: ella tampoco estaba muy vestida. La musculosa gris claro dejaba amplias zonas despejadas para que las tetas intentaran escapes laterales; según el mismo principio, la pollera negra y larga tenía a cada lado un tajo casi tan extenso como ella misma. Jáuregui se apartó para dejarla pasar, y la señora entró dándose aires con la palma de la mano. Los doce pisos por escalera le habían desencajado el rostro hasta límites que Lombroso no habría sabido cómo interpretar. Jáuregui pensó que debía estar muy interesada en la visita, y se alarmó.

Sara Goldman se derrumbó en el silloncito donde había estado Jáuregui y bebió un trago de su whisky. Todavía no había dicho palabra, y su agotamiento empezaba a resultar excesivo, inverosímil. Respiró una vez más antes de lanzar una banalidad:

—Este ambiente de velas y calores debería resultar muy romántico, ¿no?

Jáuregui, ahora sentado en el otro sillón, sonrió para decirle que lo había preparado para ella. Que lo miró a los ojos y se alisó muy lentamente la camiseta con las dos manos bien abiertas antes de decirle con su voz más seductora, aunque siempre un tono demasiado aguda:

—¿Así que te dejaste comprar? ¿Será posible que seas tan basura?

—¿Y vos qué carajo sabés?

La toalla a la cintura resultaba una vestimenta un poco exigua. Jáuregui trató de acomodarla a las nuevas necesidades que se le estaban presentando: pese a todo, la señora de López Aldabe podía resultar de lo más excitante.

—¿Viste a Cecilia, la pendeja esa llena de tetas por todas partes?

Jáuregui asintió con una sonrisa.

—Digamos que yo le pago un poco más que Rafael.

La señora cruzó las piernas, anulando casi por completo la acción indumentaria de la pollera negra y se pasó las manos por el pelo rubio; sus axilas tenían una profundidad brumosa que olía a poison y recordaba batallas amatorias.

—Ella me contó que te dejaste comprar. Sos demasiado barato, Matías, todavía más de lo que yo pensaba.

—¿Te puedo hacer una pregunta?

—Podés intentarlo.

—¿Por qué te tomaste tanto trabajo para joder a tu marido?

Las arrugas alrededor de los ojos celestes de la señora se acentuaron de pronto: no hay bisturí que pueda con ciertos testimonios. Cruzó las manos sobre el regazo, casi pudorosa, y su voz sonó, por una vez, inesperadamente, en el tono correcto.

—¿Vos sabés cómo es pertenecer a alguien? ¿Vos sabés lo que significa tener un tipo que te compró, te vistió, te pagó las tetas, te cogió, te mostró, te prestó...? ¿Vos sabés lo que significa poder decirle una vez en la vida querido te habías olvidado de tu muñeca pero yo estaba acá y ahora te vas a dar cuenta de golpe? ¿Vos te das cuenta?

Jáuregui tembló, quizás porque la voz de Sara Goldman ni siquiera sonaba a odio, no a cólera, no a rencor. Tenía solamente un cansancio muy sólido, un desprecio que no excluía siquiera a su propia dueña. Jáuregui se dio cuenta de que estaba casi desnudo y se avergonzó, o tuvo miedo.

—¿Aunque para vengarte tengas que caer vos también en la volteada?

—Quizás también. Pero yo no caigo, querido, no te preocupes por mí. Tengo mi departamento, mi propia cuenta, mis acciones. Tengo todo lo que se necesita para vivir como se debe. Aunque a veces me falle alguna pequeña cosa…

La bruja había volado, su escoba se había perdido en algún rincón inaccesible, y en su lugar había vuelto la aprendiz de hechicera. Sara Goldman le sonreía con todo el cuerpo, y sus brazos volvieron a alzarse para que sus manos se enredaran en el pelo rubio. Pero el cambio resultaba demasiado brusco.

—No te dejes comprar por ese reptil, Matías, no te vendas tan bajo. Vos conseguiste descubrir esta historia, es tu historia, no podés perderla tan barato.

—¿Me estás ofreciendo el honor y la gloria o más dinero que Rafael?

—Te estoy ofreciendo lo que vos quieras.

La mano derecha de la señora se estiró hacia la rodilla de Jáuregui. Que la apartó con suavidad.

—Me parece que no sirve para nada.

—¿Por qué?

—Porque Rafael ya sabe que sos vos la que está detrás de todo esto. Da lo mismo que la historia la cuente yo, o vos, o D'Acquila.

—Vos sabés que no es lo mismo.

—Y por eso inventaste toda esta cuestión de que yo investigara, para que descubriera lo que vos ya sabías desde hace mucho y le diera circulación.

Cuando dijo yo no inventé nada, Sara Goldman de López Aldabe ya estaba de pie detrás del sillón de Jáuregui y lo enroscaba con sus brazos pecados y buscaba con sus manos bajo la toalla azul petróleo. Jáuregui se dejó hacer; el asco, o la señora, o quizás el asco y la señora lo estaban excitando. Ella creía que, como de costumbre, estaba comprando algo. Ella no sabía que la historia, en ese momento, debía circular bajo las rotativas, negro sobre blanco, lista para llegar a los primeros kioscos del centro. Jáuregui pensó que, por una vez, no era ella quien imponía el libreto, y se entregó sin más a la función. Sobre la mesa, una vela chisporroteó un destello antes de terminar de consumirse.

Treinta y uno

La noche anterior había bebido mucho y jalado demasiado. Cuando abrió los ojos lo primero que vio fue una cama solitaria y transpirada y un despertador que marcaba las 3,28 PM. Tenía la cara hinchada, la garganta rasposa y un agujero del tamaño de un lobo viejo en la boca del estómago. Todas las luces de la casa estaban prendidas; en algún momento de la mañana había vuelto la electricidad.

Se arrastró hacia la ducha y se sumergió bajo la lluvia bautismal. Con la boca llena de algodón se sorprendió cantando el estribillo de *Papirotes*: "Ella me vende su muda/ y me compra mis palabras./ Chica que gana desnuda/ tu aguja aguda no ayuda/ en esta danza macabra". Hay canciones que parecen empeñadas en revelar un sentido sólo para ocultar muchos otros.

En el camino hacia la cocina vio la lucecita roja intermitente del contestador indicándole mensajes. Alguien debía haber llamado durante la mañana. Fue hacia la mesita baja y apretó el botón correspondiente. La voz de su madre sonaba falsa, ajena, como si confesara por fin que hacía veinte años que usaba peluca: "Matías, tu padre está muy mal. Comunicáte cuanto antes con el Instituto del Diagnóstico".

Jáuregui no apuró sus movimientos. De la heladera carenciada sacó una botella de leche y se tomó varios tragos largos. Después, de nuevo en su habitación, se puso el mismo pantalón del día anterior, una camisa color rosa viejo y un par de zapatillas. Lo espantaba la idea de llamar y que se lo dijeran por teléfono; prefería ir directamente a la clínica.

En la calle, el calor parecía haber congelado todo movimiento. En el trayecto hasta la esquina sólo se cruzó con un viejo muy erecto y muy marcial, de traje y pelo blanco, que paseaba un doberman con licencia para matar. Compró *Página/12* en el kiosco de la esquina; el título de tapa decía "Por un puñado de dólares", y las páginas dos y tres estaban dedicadas al largo artículo de Zelkin sobre "la traición de las islas", como la llamaba el diario. Parado en la vereda, Jáuregui leyó la nota en diagonal, buscando nombres. El suyo no figuraba, o figuraba y no era realmente el suyo: "A partir de fuentes muy confiables, pudo establecerse que el coronel (RE) Matías Jáuregui fue el principal contacto militar de López Aldabe en la cobertura de la operación. A estas razones se debería —siempre según las fuentes citadas— su retiro del ejército en 1980".

Jáuregui recorrió el artículo un par de veces más. Por lo visto, Zelkin había completado su información con datos de su propia cosecha. Por inercia, aunque no sabía qué hacer, siguió pasando las hojas del diario. En la entrevista a toda página, el ex presidente Carlos Saúl Menem decía, entre otras cosas que "mi reemplazo se debió a que algunos sectores no pudieron tolerar mi inquebrantable defensa de los más humildes, mis queridos descamisados". Ya estaba de vuelta en campaña. En la página siguiente, un suelto de pocas líneas informaba del hallazgo, el domingo por la noche en un baldío de Morón, del cadáver de un hombre que fue identificado como Alberto Ferrucci, argentino, 43 años, licenciado en Filosofía. Tenía las manos esposadas a la espalda, su cuerpo estaba muy maltratado y le habían cortado la lengua.

El sol golpeaba como si en la ciudad quedara todavía algo por doblegar. Jáuregui empezó a caminar por Rodríguez Peña hacia Santa Fe, para el lado de la clínica. En la esquina de Arenales un veinteañero morocho descansaba sobre un charco de sangre con su bicicleta retorcida enredada entre las piernas. Una docena de ciclistas rodeaban un peugeot 404 con las ventanillas cerradas y lo rayaban y zarandeaban. Uno de ellos, con un inflador, intentaba romper el parabrisas a golpes; el conductor del peugeot tocaba la bocina como si fuéramos otra vez campeones del mundo.

En la esquina de Santa Fe y Callao una pintada con tinta roja decía "Organicemos el hambre y todo será pan comido. Lalengua". Jáuregui ensayó una sonrisa melancólica y trató de preocuparse por la enfermedad de su padre. Pero cuando llegó a Charcas, en lugar de doblar hacia el Instituto siguió por Callao.

Le pareció que había demasiada gente en la calle, pero era casi normal: últimamente, el centro estaba atestado de gente que deambulaba sin rumbo, como si buscara una buena razón. Un par de veces paró la oreja para escuchar diálogos ajenos, pero no oyó nada sobre la traición de las islas. Le habría gustado que alguien estuviera hablando de eso.

Se sentó en la mesa correspondiente pero ya no había papelitos en el suelo. Pidió un whisky, encendió un cigarrillo y se dedicó a mirar la rotación de las aspas de un ventilador. Durante mucho tiempo. Cuando pagó y salió a la calle el calor había bajado un par de puntos y ya no alcanzaba para freír huevos sobre el capot de un coche. Un reloj municipal marcaba las 18.36; el horario de visitas ya debería haber terminado. Jáuregui calculó que si volvía a su casa, se daba otro baño y dormía un rato, después podría acercarse a la casa de sus padres a ver qué pasaba.

En el espejo del ascensor sus ojos parecían las heridas de una bala muy lenta. Jáuregui se inspeccionó la cabeza: el pelo negro estaba raleando, dentro de poco ya no podría disimular las entradas. Cuando abrió la puerta de su departamento lo primero que vio fue al grandote de camisa hawaiana, totalmente rapado, que le salió al paso. Detrás, parados junto a la mesa, dos fulanos de menos de veinticinco años sudaban sus camisetas negras. El grandote dio un paso atrás para dejarlo entrar y uno de los chicos fue rápido hacia la puerta y la cerró. El grandote tenía una pistola muy negra y le estaba apuntando a la rodilla izquierda. Su voz intentaba parecerse a la de una computadora de dibujitos animados:

—Vos escuchaste hablar del doctor José María Bardotto.

Era una afirmación, no una pregunta. Jáuregui suspiró, casi aliviado, antes de contestar algo innecesario.

Buenos Aires, junio-julio de 1989